www.ingramcontent.com/pod-product-compliance
Lightning Source LLC
LaVergne TN
LVHW051124051026
849532LV00004BB/1660
* 9 7 8 9 3 5 8 7 2 0 4 3 3 *

ہِم کماری

(برف کے ٹکڑے کی داستانِ حیات)

مصنفہ:

صالحہ عابد حسین

Heem Kumari *(Kids story)*

by: Saleha Aabid Hussain

Edition: June '2023
Publisher & Printer:
Taemeer Publications, Hyderabad.

ISBN 978-93-5872-043-3

9 789358 720433

کتاب	:	**ہِم کماری**
مصنف	:	**صالحہ عابد حسین**
صنف	:	ادب اطفال
ناشر	:	تعمیر پبلی کیشنز (حیدرآباد، انڈیا)
زیر اہتمام	:	تعمیر ویب ڈیولپمنٹ، حیدرآباد
سالِ اشاعت	:	۲۰۲۳ء
تعداد	:	(پرنٹ آن ڈیمانڈ)
طابع	:	تعمیر پبلی کیشنز، حیدرآباد –۲۴
صفحات	:	۹۶
سرورق ڈیزائن	:	تعمیر ویب ڈیزائن

پیش لفظ

سنو فلیک[1] انگریزی کے مشہور مصنف پال گیلیکو[2] کی مشہور کتاب ہے۔ بڑی دلکش اور پُراثر۔ ہم کماری کا خیال اسی کتاب سے مستعار لیا گیا ہے۔ سنو فلیک داستان ہے انگلستان کے ایک لکۂ ابر کی جس میں مصنف نے اس کی زبان سے اپنے دیس کی زندگی کی کامیاب تصویر کشی کی ہے اور ساتھ ہی اس ننھے سے برف کے ٹکڑے کی داستانِ حیات اس حسن و خوبی اور انوکھے انداز میں بیان کی ہے کہ وہ صرف اس کی ہی نہیں ساری مخلوق کی کہانی معلوم ہوتی ہے۔

ہم کماری کہانی ہے اسی برف کی بیٹی کی جس نے ہمالیہ پہاڑ کے دامن میں جنم لیا اور آنکھ کھولتے ہی ہندوستان کے حسین و پُرجلال پہاڑوں کے نظاروں سے لطف اندوز ہوئی۔ پھر اپنی زندگی کا طول طویل سفر، جہاں تہاں ہندوستانی زندگی کی جھلکیاں دیکھتی ہوئی طے کرتی اس فلسفۂ حیات کو حقیقت کا جامہ پہناتی نظر آتی ہے:۔

سفر زندگی کے لئے سوز و ساز　　سفر ہے حقیقت حضر ہے مجاز

اس برف پارہ کی داستان پڑھ کر ہم سوچ میں پڑ جاتے ہیں ــــ کہیں یہ خود ہماری ہی کہانی تو نہیں؟ کائنات کی ہر مخلوق کی داستانِ حیات ذرا سے تغیر و تبدل سے کیا یہی نہیں ہے؟ کیا خالقِ کائنات کی ہر تخلیق کا مقصد وہی نہیں ہے جس کا انجام کار ہم کماری کو شعور ہوا۔ اس کہانی میں ہم بچپن کی دل کش معصومیت، جوانی کا حسین ولولہ، بڑھاپے کا تدبر اور وقار اور ساتھ ہی محرومیاں اور مایوسیاں دیکھ سکتے ہیں۔ وہ مسلسل جدوجہد مستقل محنت، کام کی عظمت کا گہرا نقش دل پر چھوڑتی ہے۔ ہم کماری کے ساتھ ساتھ ہم

---

۱ Snowflake　　۲ Paul Gallico

بھی غور کرنے لگتے ہیں کہ آخر ہماری زندگی کا مقصد ہے کیا؟ ہمیں کس نے پیدا کیا؟ کیوں کیا؟ جب ہم کماری پر زندگی کے آخری لمحوں میں یہ حقیقت واضح ہوتی ہے کہ اس کی تخلیق کا مقصد دوسروں کی خدمت کرنا اور ان کو مسرت بخشنا تھا تو خود ہمارے دل میں بھی یہ سوال اٹھتا ہے کہ یہی تو ہماری تخلیق کا مقصد بھی نہیں؟ ہم کماری کے ساتھ ساتھ ہم بھی اسی خالقِ حقیقی کی محبت اور جذبۂ احسان مندی سے سرشار ہو جاتے ہیں جس نے اس دنیا کو اس قدر حسین بنایا۔ جس کی بے پایاں رحمت پوری کائنات کو گھیرے ہے۔ جس نے ہر ہر قطرے، ہر ہر پتی، ہر ہر پھول، پتھر، غرض ہر شے کو اتنی حسین، دلکش، مکمل، بھرپور زندگی بخشی اور ہر ایک کو اپنی محبت کی نرمی اور گرمی سے فیض یاب کیا۔

اس کتاب کی ایک خصوصیت یہ بھی ہے کہ جہاں یہ نوعمر بچوں کے لئے دلچسپ اور پر لطف ہے وہاں پختہ ذہنوں کے لئے نہ صرف دل نشین و سبق آموز ہے بلکہ غور و فکر کی دعوت بھی دیتی ہے۔ ہم نے کوشش کی ہے کہ اس کے ہندوستانی روپ میں بھی یہ خصوصیت باقی رہے۔ اس کوشش میں ہم کس قدر کامیاب ہوئے ہیں اس کا فیصلا آپ ہی کر سکتے ہیں۔

یہ کتاب بدقسمتی سے کئی سال کتابت شدہ پڑی رہی کہ ایک آرٹسٹ صاحب تصویریں بنانے کا وعدہ کرتے رہے۔ مگر آپ جانیں وعدہ ایفا کرنے کے لئے کہاں ہوتا ہے۔ میں سید عبود زیدی کی دل سے ممنون ہوں کہ آخر انھوں نے یہ مرحلہ طے کیا اور اپنی خوبصورت ننھی ننھی تصویروں سے ہم کماری کے حسن کو نکھارا۔

صالحہ عابد حسین

۶ر فروری ۱۹۷۰ء

سخت سردی کے ایک دن، جانے زمین سے کتنے میل اوپر، آسمان کی بلندیوں میں میرا جنم ہوا۔ بس ایک پل میں سب کچھ ہو گیا۔ ایک بادل کے سینے سے جسے برفانی ہوائیں اِدھر اُدھر اُڑائے پھر رہی تھیں میں وجود میں آگئی۔

گھنے بادل ہمالیہ کی چوٹیوں سے اُڑتے ہوئے نیچے آرہے تھے۔ پھر برف گرنی شروع ہوگئی اور جہاں پل بھر پہلے کچھ بھی نہ تھا وہاں اب میں اور میرے لاکھوں بہن بھائی آسمان سے نیچے زمین کی طرف جارہے تھے.... نیچے..... نیچے..... نیچے........ ایسے دھیمے اور پر لطف انداز میں جیسے ہم کسی جھولے میں لیٹے ہوں اور ہوائیں اسے جھونٹے دے رہی ہوں یا جیسے ہوا کسی پر کو اُڑائے لئے جارہی ہو۔ میں ایک ایسی دنیا میں تیر رہی تھی جس سے پہلے بالکل بے خبر تھی۔

کچھ سمجھ میں نہیں آرہا تھا کہ میں کب اور کیسے پیدا ہوگئی ؟ یوں لگتا تھا کہ جیسے میں ابھی ابھی کسی گہرے خواب سے چونکی ہوں ۔ پل بھر پہلے میں کہیں بھی نہ تھی اور اب ــــ اب یہاں اُلٹتی ، پھسلتی ، تیرتی ، گرتی چلی جارہی ہوں ـــــ نیچے ..... نیچے ... نیچے ـــــ فضا کی بلندی سے زمین کی پستی کی طرف !

مگر میں ـــــ میں ہوں کون ؟ کہاں سے آئی ہوں ؟ کہاں جارہی ہوں ؟ پہلے کہاں تھی ؟ کیا تھی ؟ وہ کون ہے جس نے مجھے اور میرے سب بھائی بہنوں کو بنایا ہے ؟ ایسے بہت سے سوال میرے دل میں پیدا ہوتے رہے ۔ مگر ان کا کہیں سے جواب نہیں ملا ۔ شاید اس لیے کہ فضا کی بلندی میں جو ہوائیں چلتی ہیں ان میں کوئی آواز نہیں ہوتی ۔ آسمان بھی بڑا اُداس اور خاموش تھا اور نیچے .... بہت نیچے ـــــ جو زمین تھی ـــــ وہ بھی پہلی برف باری کے وقت بڑی چپ چاپ اور گمبھیر معلوم ہو رہی تھی ۔ میں نے اپنے چاروں طرف دیکھا ۔ جہاں تک نظر کام کرتی تھی میرے ہی جیسے ہزاروں برف پارے نیچے گرتے دکھائی دے رہے تھے ـــــ اور وہ سب کے سب بھی چپ تھے ...... بالکل خاموش ! کتنی عجیب بات ہے مجھ جیسے ہزاروں لوگ میرے آس پاس موجود ہیں پھر بھی اتنی شدید تنہائی ہے !!

اور پھر ایک عجیب بات ہوئی!! مجھے ایسا لگا جیسے کوئی بڑی ہی نرم لطیف اور دلکش ہستی میرے قریب ـــــ بہت ہی قریب موجود ہے۔ جیسے کوئی میری حفاظت کر رہا ہے، مجھ سے محبت کر رہا ہے۔ اور اس احساس کے ساتھ میرا پورا وجود ایک پُرلطف گرمی اور شیرینی سے بھرپور ہو گیا۔ تنہائی کا احساس مٹ گیا۔ کوئی جو مجھ سے محبت کرتا ہے۔ میری نگہ بانی کرتا ہے۔ اب نہ مجھے تنہائی کا احساس تھا نہ خوف کا۔ دل مسرت سے بھرپور ہو رہا تھا۔ مگر پھر بھی یہ فکر ستا رہی تھی کہ آخر میں ہوں کون؟ کس نے مجھے پیدا کیا ہے؟ میری پیدائش کا مقصد کیا ہے؟ اور یہ گہری اور پُرسکون محبت کی گرمی کہاں سے آ کر میرے دل کو گرما رہی ہے؟ کاش میں اس ہستی کو جان سکتی جو مجھ سے پریم کرتی ہے میری حفاظت کرتی ہے! اگر میں اسے جانتی تو پیار کا کچھ بدلہ تو کرتی؟ مگر ـــــ مگر ابھی تو میرا سفر شروع ہی ہوا ہے۔ شاید کبھی نہ کبھی اپنی منزلِ مقصود پر پہنچنے تک اس انجانی ہستی سے واقف ہو سکوں۔

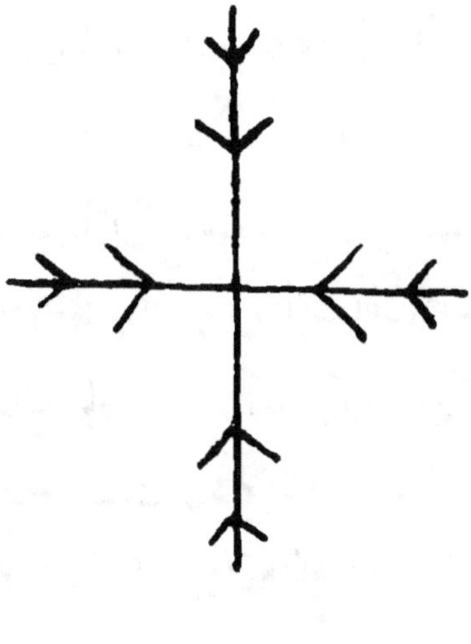

میرا طویل سفر جاری ہے۔ اب بھی میں نیچے گر رہی ہوں ـــــ نیچے ـــــ نیچے ـــــ یہاں تک کہ گھپ اندھیری دُنیا میں اوشا کا جادو جاگ اُٹھا ـــــ پہلے آسمان کا رنگ فولاد کا سا ہوا، پھر سلیٹی اور پھر وہ موتیا رنگ میں رنگ گیا۔ اور پھٹتی ہوئی پو کی دلکش روشنی میں میں نے اپنے کا جو بو جو جسم کو دیکھا جسے ہوا تیزی سے اُڑائے نیچے کی طرف گرا رہی تھی! اوہ ـــــ کتنی حسین!!!

کیا خالق نے مجھے بلّور کے چمکتے ذرّوں سے بنایا ہے؟ یا پھر شکر یا شیشے کے چھوٹے چھوٹے ٹکڑوں کو ملا کر مجھے حسن کی یہ دولت بخشی ہے؟ میرے جسم میں ستاروں کی سی چمک اور تیروں کی سی کاٹ کہاں سے آئی؟ اس میں روشنی ہے، رنگینی ہے! مربع تکونی شکلیں ہیں۔ جیسے کسی گرجا کی رنگین شیشے کی کھڑکی، یا بہت سی پنکھڑیوں کا کوئی نازک سا پھول، ـــــ کوئی کشیدہ کا حسین سا نمونہ، یا ہیرے کا دمکتا ہوا ٹکڑا!!!

اور ـــــ وہ دیکھو ـــــ مجھ جیسے ہزاروں برف پارے چاروں طرف ہوا میں تیر رہے ہیں۔ لیکن ـــــ میں ـــــ میں اپنی ایک الگ خصوصیت رکھتی ہوں۔ ایک الگ شخصیت اور الگ شان ہے۔ اِس طوفانِ برف و باد میں جو اور لاکھوں کروروں لکّہ برف پیدا ہوئے ہیں سبھی تو ایک دوسرے سے کچھ نہ کچھ مختلف ہیں۔ مگر میں ـــــ میں سب سے الگ ہوں۔ میں صرف ایک برف کا ٹکڑا نہیں...... ہِم ہوں ـــــ "ہِم کماری" ـــــ

اوہ ـــــ کتنا پیارا نام ہے ـــــ مگر ـــــ یہ نام کس نے رکھا ہ کس نے مجھے بتایا کہ میں ہم ہوں ؟ اور سوچتے سوچتے میرا دل محبت اور شکر کے جذبے سے بھرپور ہوگیا۔ جس نے مجھے ایسا دلکش حُسن اور پیارا نام دیا ـــــ میں اِس راز کو نہ سمجھ سکی کہ کس طرح اس نے ایک پل میں یہ سب پیدا کیا ـــــ اور پھر ان میں سے ہر ایک کو اتنا حسین بنایا جیسے ہیرے کی کنی، یا نیلم کا ٹکڑا۔ جیسے آسمان کا تارہ یا موتیا کا پھول ـــــ کتنی بلند و بُزرگ ہستی ہوگی اس

خالق کی جس نے اتنی محبت، اتنے صبر، اتنی لگن سے مجھے اور مجھ جیسے اور لاکھوں کو یہ حسین و مکمّل وجود بخشا !

آسمان کی بلندیوں میں، میں جہاں پیدا ہوئی، شدید سردی تھی۔ مگر اب مدّتوں تک نیچے۔ ـــــ نیچے ـــــ نیچے اُترنے کے بعد ـــــ محسوس ہو رہا تھا کہ سردی رفتہ رفتہ کم ہو رہی ہے اور ہوا میں بھی پہلے جیسی تندی اور تیزی نہیں۔

اب میں بری طرح اُچھالی اور پھینکی نہیں جارہی بلکہ آرام آرام سے نیچے کی سمت جارہی ہوں۔ کیسا شیریں احساس ہے۔ کتنی نرم و نازک خواب آلود کیفیت ــــــ دھیرے ــــــ دھیرے ــــــ بہت ہی دھیرے اترنا ــــــ شاید اب یہ لمبا سفر ختم ہو رہا ہے۔

اب میں اچھی طرح سے نیچے کی چیزوں کو دیکھ سکتی ہوں۔ پہاڑوں کی اونچی اونچی چوٹیاں اور برف سے ڈھکے ہوئے پہاڑی ڈھلوان ــــــ جیسے کوئی نیند کا ماتا سفید شفاف چادر اوڑھے سو رہا ہو۔ دا سپین، دیودار، شاہ بلوط اور چیڑ کے درختوں کے جھنڈ اور لودہ اس پہاڑ کے دامن میں یہ ننھا سا گاؤں بھی ہے۔ اس میں چھوٹے چھوٹے گھر، کھیت اور کھلیان نظر آرہے ہیں۔

آہا! یہ اس کے ایک سمت چھوٹی سی مسجد کا گول سبز گنبد کتنا پیارا لگ رہا ہے۔

دوسری طرف یہ کیا ہے؟ اچھا یہ تو کسی مندر کا نوکیلا اونچا سنہرا کلس چمک رہا ہے۔

میرے دوسرے بھائی بہنوں نے جس چیز کو چھوا اسی سے چمٹ گئے۔ درختوں کی شاخوں پر، چٹانوں پر، مکانوں کی چھتوں پر، مسجد کے گنبد اور مندر کے کلس پر، ہر جگہ وہی وہ نظر آرہے تھے۔ یہاں تک کہ بوڑھے آدمی کی سفید داڑھی پر جا براجے جو صبح صبح نماز پڑھنے مسجد کی طرف جارہا تھا۔

مگر میں کہیں نہیں رکی اور آخر کار بہت آہستہ سے جس سے مجھے بس زرا سا جھٹکا لگا۔ ایک کھیت کے قریب گھاس کے ڈھلوان میدان میں اترائی۔ یہ ڈھلوان گاؤں سے کافی بلندی پر پہاڑوں کے دامن میں ہے۔ اچھا تو کیا اب میرا سفر ختم ہوگیا؟

طوفان ختم ہوگیا تھا۔ اوشا کی روشنی نے دنیا کو جگمگا دیا۔ اور میں نے ذوق وشوق سے اپنے چاروں طرف دیکھا!

میں پہاڑی ڈھلوان کے کنارے ایک کھیت کے قریب لیٹی ہوں۔ یہاں سے نیچے کا گاؤں، مسجد اور مندر صاف نظر آتے ہیں اور بہت سے چھوٹے چھوٹے پہاڑی گھر بھی نظر آرہے ہیں جن کی چھتیں تکونی ہیں۔ کہیں کہیں کھڑکیوں اور روشن دانوں میں سے دیئے کی ہلکی سی روشنی

دمک اُٹھتی ہے اور بعض بعض گھروں کی چھتوں سے ہلکے نیلے رنگ کا دھواں بل کھاتا ہوا آسمان کی طرف اُٹھ رہا ہے۔

مجھ سے کچھ ہی نیچے بستی کے نام کی تختی لگی ہوئی ہے۔ لیکن پورا نام پڑھا نہیں جا رہا ہے۔ میرے بہت سے بہن بھائیوں نے اس پر اس طرح قبضہ جما لیا ہے کہ شروع کے نام کا ٹکڑا ان کے نیچے دب گیا ہے اور برف کے اس ننھے سے ڈھیر میں سے صرف ایک چھوٹا سا "۔۔۔۔ مرگ"۔ جھانک رہا ہے۔

خیر جی نام سے کیا ہوتا ہے کچھ بھی ہو۔ مگر یہ اچھا ہوا کہ میں کالی کالی چٹانوں یا پہاڑ کی کسی اونچی سی چوٹی کی جگہ یہاں اس ننھے سے قصبے کے کنارے آگری۔ توبہ اگر وہاں

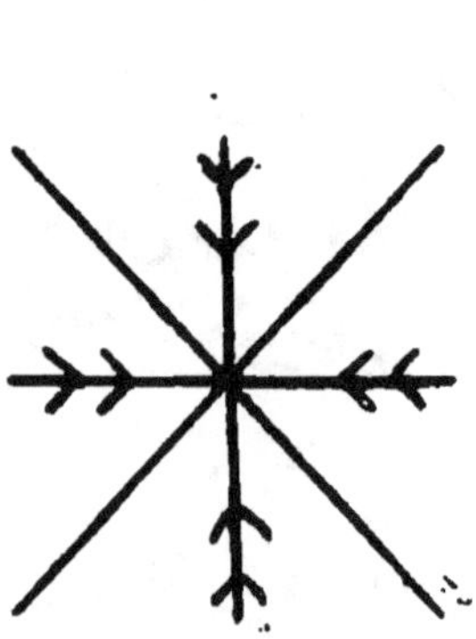

پہاڑ کی چوٹی پر ہوتی تو کتنا جی گھبراتا۔ دُور ہی سے دیکھنے میں وہاں کیسا بھیانک سناٹا لگتا ہے۔ ہوا کے تیز جھونکوں نے بادلوں کو اِدھر اُدھر بھگا دیا اور آسمان روشن ہو گیا۔۔۔ آہا ہا یہ کیسا حسین منظر ہے!! وادی کی دوسری طرف جو پہاڑ کی کالی چوٹی نظر آ رہی

تھی وہ ایک دم ہلکے گلابی رنگ میں رنگ گئی۔ آسمان، چٹانیں، درخت سبھی گلابی ہو گئے اور نیچے جو تپلی سی ندی بہہ رہی ہے اس میں بھی گلابی پن آگیا ہے۔ چاروں طرف کی برف بھی گلاب کے پھول جیسی بن گئی ہے۔ ایسا لگتا ہے جیسے ساری دُنیا گلاب کی نازک پنکھڑی کا آئینہ بن گئی ہو۔ اور تو اور اب میں خود بھی سفید نہیں بلکہ دوسری چیزوں کی طرح ایک بڑے ہی دل کش، خوب صورت گلابی رنگ کے لباس میں ملبوس ہوں۔ اور پھر یہ گلابی پن سنہری، کافوری اور نارنجی رنگوں میں بدل گیا۔ ڈھلوانوں کے نیلے سائے، سُنہری روشنی کے سامنے بھاگ کھڑے ہوئے اور پہاڑوں کی چوٹیاں گھاٹیاں، سبزہ زار سورج کی چمکتے سنہرے رنگ میں ڈوب گئے۔ اس وقت دور کہیں سے کوئی دھیما سا شیریں نغمہ سنائی دیا۔

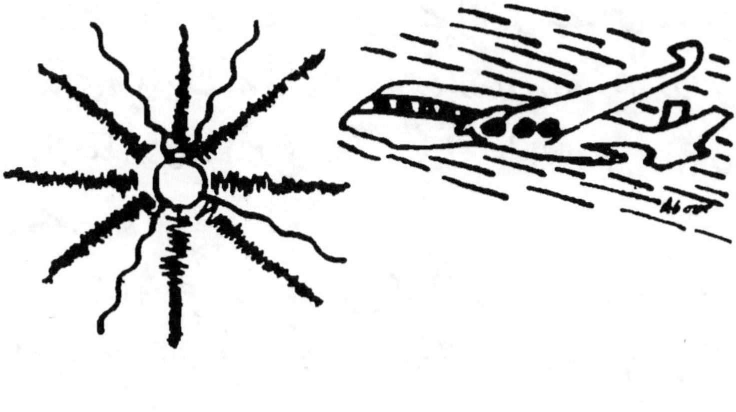

آہ ــــ کتنی پرسوز ہے یہ دُھن ــــ میرا دل بھر آیا ــــ جی چاہتا تھا کہ خوب روؤں یہ میری زندگی کی پہلی صبح ہے۔ کتنی سُندر ــــ کتنی دل کش۔

دن اب خوب چڑھ آیا ہے۔ دُور سے ایک چھوٹی سی لڑکی ہاتھ میں ایک کھُرپا نما لکڑی لیے چلی آرہی ہے۔ جس سے وہ راستے کی برف صاف کرتی جارہی ہے۔ اس نے لال چھینٹ کا لمبا سا پھرن پہن رکھا ہے اور اس کے سر پر رنگین دھاگوں سے کڑھی ہوئی ٹوپی ہے۔ جس پر تکونا رومال بڑا بھلا لگ رہا ہے۔ برفانی ہوا نے اس کے پھول سے گالوں کو کشمیری سیب کی طرح سُرخ کر دیا ہے۔ اس کی نیلم کی سی آنکھوں کے گرد سیاہ پلکوں کی جھالر کتنی سُندر لگ رہی ہے۔ اوہ کتنی نڈر اور کتنی خوش دل ہے یہ بچی۔ اس کے چھوٹے چھوٹے گلابی ہاتھ سردی سے سُرخ ہو گئے ہیں۔ وہ اپنا بستہ کندھے میں لٹکائے، اور کھانے کا ڈبہ بغل میں دبائے برف کو اپنی نوک دار لکڑی سے ہٹاتی تیزی سے چلی آرہی ہے۔ اس کے پیچھے "تازہ گری ہوئی برف کے بلول اُڑ رہے ہیں اور" زر........ زر" کی آواز پیدا ہو رہی ہے۔ جو بچی کے گیت کی نرم لے میں دب سی جاتی ہے!

میں بڑے شوق سے اسی پیاری لڑکی کو دیکھ رہی تھی کہ وہ ایک دم میرے اوپر سے گزر گئی۔ اس کی نوک دار لکڑی نے میرے جسم کو چھید ڈالا۔

___ آہ ___ میرے مُنہ سے سسکی نکلی ___ مگر لڑکی نے سسکی نہیں سُنی اور وہ تیزی سے پہاڑی گیت گاتی ہوئی نیچے کے اسکول تک پہنچ گئی۔ جہاں اُس جیسے بہت سے بچے جمع تھے ___ اوہ ___ اس کی لکڑی کی نوک کی چوٹ اب تک درد کر رہی ہے ___ مگر ___ مگر یہ پیاری بچی بہت اچھی تھی۔ کاش وہ پھر واپس آئے۔ اتنی حسین، ایسی خوش باش، ایسی رسیلی آواز والی بچی!! طلوعِ سحر سے بھی زیادہ سُندر!! میرا دل تو بالکل ہی اس پر آگیا۔

آہ! اتنی سی دیر میں کتنی نئی نئی باتیں ہو چکی ہیں! میں ابھی بیدار ہی ہوئی تھی کہ طلوعِ سحر نے بڑے پیار سے میرا استقبال کیا اور میرا دل مسرّت سے بھرپور کر دیا ___ کتنی سادگی سے کسی انجانی ہستی نے اوشا کے رنگوں سے آسمان پر یہ سُندر تصویریں بنائیں اور اپنی مخلوق پر اپنی محبت اور مہربانی کا اظہار کیا۔

اوہ! خالق نے ہر چیز کتنی حسین بنائی ہے ___ میں خود، یہ طلوعِ سحر اور پھر یہ ننھی سی خوب صورت بچی!! مگر ___ مگر آخر اس کا مطلب کیا ہے؟ یہ سب کس نے بنایا ہے؟ کیوں بنایا ہے؟ کیا خود میری پیدائش کا یہ

مقصد ہے کہ میں ایک ننھی بچی کے پیروں تلے کچل جاؤں اور اسے جلدی اسکول پہنچنے میں مدد دوں ؟ یا اس نے ننھی بچی کو اس لئے بنایا ہے کہ میں اسے دیکھ کر خوش ہوں ؟ کون دے میرے سوالوں کا جواب ؟

ایک کے بعد ایک اتنی جلدی نئی نئی باتیں ہو رہی ہیں کہ میں پچھلے سوالوں پر غور بھی نہیں کر پاتی ۔ وہ دیکھو ! پہاڑی کے نیچے اس چھوٹی سی لکڑی کی بنی جھونپڑی سے ایک کسان باہر نکلا اس نے اپنے لمبے پھرن پر کالا کمبل لپیٹ رکھا ہے۔ سر پر ایک گلاہ نما ٹوپی مڑھی ہوئی ہے اور پاؤں میں

بانوں کے بنے ہوئے کھردرے چپل ہیں۔ وہ ایک ہاتھ میں آگ سے بھری بید کی کانگڑی پھرن کے اندر اپنے کلیجے کو گرمی پہنچانے کے لئے پکڑے ہے۔ اور اس کے دوسرے ہاتھ میں بھوری گائے کی رسّی ہے اور اس کے پاؤں کے ساتھ ساتھ ایک چھوٹا سا کالا کُتّا چل رہا ہے۔ گائے کے گلے میں ایک چھوٹی سی گول اور روپہلی گھنٹی بندھی ہے جس میں "ٹنن ٹنن" کی لطیف و نرم و نازک موسیقی نکل رہی ہے۔

میرے پاس بھوری گائے آکر ایک لمحے کے لئے رُکی۔ کسان نے زور زور سے "ہو ہو" کی۔ کُتّا زور سے بھونکا، گھنٹی ایک دل کش آواز کے ساتھ بجی ——— گائے نے اپنی بڑی بڑی، بھوری، پُرمحبت، معصوم اور خواب آلود آنکھوں سے مجھے دیکھا۔ میں ان کے سحر میں کھو گئی۔ "حُسن حُسن!" مگر حُسن ہے کیا؟ وہ آسمان میں ہے، پہاڑوں اور جنگلوں، گاؤں اور کھیت، طلوعِ سحر کے جلوے، ننھّی بچّی کے چہرے اور بھوری گائے کی آنکھوں میں ہر جگہ موجود ہے۔ ان میں سے ہر چیز ایک دوسرے سے الگ ہے پھر بھی ان میں کوئی ایک بات ایسی بھی ہے جو سب میں ہے۔ جسے دیکھ کر دل ایک لمحے کے لئے مسرّت سے جھوم اُٹھتا ہے۔ تو پھر ضرور ——— یہ سب اسی ان جانی ہستی نے بنایا ہے جس نے مجھے بنایا!! تو کیا حسن ہر اس چیز کا نام تو نہیں۔ جو

"اس" نے بنائی ہے؟

برف وباد کا طوفان گزر چکا ہے۔ اب دن کافی چڑھ آیا ہے اور گاؤں کا ہر آدمی گھر سے نکل کر اپنے کاموں میں مصروف ہو گیا ہے۔ کچھ لوگ بیلچوں سے برف ہٹا کر راستہ صاف کر رہے ہیں۔ ایک بڑھئی اپنے اوزار لے کر باہر نکلا اور گھر کے سامنے بیٹھ کر دھوپ میں ایک لکڑی کے تختے پر رندہ کرنا شروع کر دیا۔ ایک اور آدمی آیا۔ اس کے ہاتھ میں کلہاڑی تھی۔ آتش دان میں جلانے کے لئے موٹی لکڑی میں سے چھوٹی چھوٹی لکڑیاں

کاٹنے لگا۔ ایک بڈھا سوکھا چندھا سا آدمی اپنے تین چار نوجوان شاگردوں کے ساتھ بیٹھ کر ہندے پر رنگین پھول پتے بنانے لگا۔

سڑک کے عین اوپر ایک کھیت کے کنارے کی جھونپڑی سے کسان کی بیوی برتن میں جھوٹا کھانا لیئے ہوئے باہر آئی۔ اس نے ایک موٹا سا پھرن پہن رکھا تھا اور اس کا لال دوپٹہ سر پر سے ہوتا ہوا پیٹھ پر لہرا رہا تھا۔ اس کے کانوں میں چاندی کی بالیوں کے گچھے جھول رہے تھے اور ماتھے پر چاندی کا ایک گول ٹیکا اس کے سر کے ساتھ ساتھ حرکت کر رہا تھا اس کا سُرخ سفید رنگ اور لمبی ستواں ناک دُور سے بھی اچھی لگ رہی تھی۔ باہر آکر اس نے مُنہ سے کچھ آوازیں نکالیں اور ادھر اُدھر سے بہت سی مُرغابیاں اور بطخیں کڑ کڑ کڑ کرتی آئیں اور اس کے چاروں طرف جمع ہو گئیں۔ اس نے برتن سے کچھ جھوٹن اور گود سے دانہ نکال کر ان کو ڈالا تو وہ بیقراری سے دانے پر جھپٹ پڑیں۔ ایک موٹی سی مُرغی اپنے ننھے ننھے روئی کے گالوں جیسے بچّوں کو لے کر آئی اور بڑے پیار سے ان کو دانہ چُگانے لگی۔ اوہ ـــــ یہ مرغی اور اس کے بچّے!! کتنا پیارا منظر ہے!! یہ محبت بھری آواز میں کٹ کٹ کرتی ماں، یہ حسین ننھّے ننھّے بچّے"، گردنیں جھکائے دانہ کھاتے اتنے پیارے ـــــ اتنے اچھّے لگے، کہ میری آنکھوں میں آنسو آگئے۔

شام ہو رہی تھی۔ سورج دھیرے دھیرے پہاڑوں کے پیچھے جا رہا تھا۔ لال ٹوپی والی لڑکی بستہ بغل میں دبائے اسکول سے واپس لوٹ رہی تھی۔ ایک ویسی ہی دوسری بچی اور دو تین ذرا بڑے لڑکے اس کے ساتھ تھے۔ موسم کی پہلی برف باری سے وہ بہت خوش تھے اور ٹھنڈی ہوا کے جھونکوں سے ان کے گال ٹماٹر کی طرح سُرخ ہو گئے تھے۔

میں بڑے پیار سے ان کو دیکھ رہی تھی کہ عین میرے پاس وہ آکر رُکے اور بولے "زون ــــ آؤ ایک برف کا آدمی بنائیں" یہ سُن کر بچے خوشی سے کودنے لگے۔ اور جلدی جلدی آس پاس کا بہت سا نرم نرم برف جمع کر کے اُنھوں نے ایک بڑا سا گولا جسم کے لئے اور ایک چھوٹا گولا سر کے لئے بنا ڈالا۔ آنکھوں کی جگہ دو کوئلے لگا دیئے اور لکڑی کی ایک چپٹی لے کر مُنہ کی جگہ لگا دی۔ "زون ــــ زون دیکھو اس کی شکل ماسٹر جی سے ملتی ہے۔ لو میں اس کو بالکل ہی ان کا ہم شکل بنائے دیتا ہوں۔ ان کی لمبی سی ناک بنا کر۔" اور یہ کہہ کر اس لڑکے نے نیچے جھک کر کچھ برف اُٹھائی اور اسے دونوں ہاتھوں سے زور زور سے کھینچنے لگا شاید "ماسٹر جی" کی ناک بنانے کے لئے۔ اور آہ ــــ میں بھی اسی برف میں تھی جو وہ لڑکا ناک کے لئے ہتھیلیوں سے پیس رہا تھا۔ میرا دم گھٹا جا رہا تھا، سانس لینا مشکل ہو گیا تھا اور ہڈّی پسلی ٹوٹی جا رہی

تھی۔ میرا حسین جسم جس پر مجھے اتنا ناز اور غرور تھا بالکل کچل کر رہ گیا تھا۔

لڑکے نے برف کے آدمی کی ایک بہت بڑی، موٹی اور خوب جُھکی ہوئی ناک بنائی اور جب وہ بالکل "ماسٹر جی" کا ہم شکل بن چکا تو ایک ڈنڈا اس کے ہاتھ میں دے دیا۔ اب سارے بچے اچھل اچھل کر، ہنس ہنس کر کہہ رہے تھے ــــــ "ماسٹر جی ــــــ ماسٹر جی ــــــ اللہ کرے اسے ماسٹر جی آکر دیکھ لیں۔"

اور ذرا دیر بعد وہ سب بچے ہنستے کھیلتے بھاگ گئے اور مجھے اس حال میں چھوڑ گئے کہ میں "ماسٹر جی" کی جُھکی ناک کا ایک حصّہ بنی کھڑی تھی۔

آخر یہ کیا ہوا؟ کیوں مجھ پر افسردگی اور بے بسی طاری ہے؟ کیسے میں اس حالت کو پہنچی؟ میرے خیالات اکثر کیوں اور "کیسے" تک پہنچ جاتے ہیں۔ آخر یہ سب کیوں ہو گیا؟ جس بلند ہستی نے اس محبت اور توجہ سے میرا خوب صورت جسم بنایا ہے اور مجھے آسمان کی بلندی میں پیدا کر کے زمین پر بھیجا۔ اس نے آخر کیوں

ایسا ہونے دیا ہے

اور اسی طرح کئی دن بیت گئے، اور ایک دن میں نے وہیں ماسٹر جی کی ناک پر لٹکے لٹکے ایک بڑا ہی دلچسپ منظر دیکھا ـــــ آج سویرے ہی سے گاؤں میں چہل پہل نظر آ رہی تھی۔ کوئی آدمی اپنے کام پر نہیں گیا، نہ بڑھئی نے لکڑی کاٹی، نہ کشیدہ کار نے دستکاری کی۔ نہ کسان کھیت پر گیا۔ نہ بچے اسکول گئے۔ ابھی سورج نے اپنا مکھ ذرا ذرا ہی دکھایا تھا کہ ہر گھر سے بچے بوڑھے، جوان، نئے نئے کپڑے پہنے نکلنے شروع ہو گئے۔ ننھی بچیاں چاندی

کے زیوروں سے لدی چھن چھن کرتی چلی جاتی تھیں۔ عورتیں بھی نئے نئے پھرن پہنے اُن پر لال لال دوپٹے اوڑھے بہت سے زیوروں سے لدی مردوں کے پیچھے پیچھے تھیں۔ اور اسی گاؤں کے نہیں دُور دُور کے گاؤں اور بستیوں سے لوگ آرہے تھے۔ گھوڑوں پہ، خچروں پر، گاڑیوں پر اور پیدل، بال بچوں کو لئے زرق برق کپڑے پہنے سب کے سب نیچے بستی کی بڑی مسجد کی طرف جارہے تھے۔ یہاں تک کہ مسجد کا سارا اندر کا حصّہ، باہر کا، چبوترہ اور پھر نیچے کا صحن کھچا کھچ آدمیوں سے بھر گیا۔ بلکہ بہت سے لوگ تو باہر میدان ہی میں رہ گئے۔ مٹھائی، چاٹ اور کھلونے بیچنے والوں نے بہت سی دوکانیں لگا رکھی تھیں۔ فقیر اور فقیرنیاں "بابا اللہ کے نام پر کچھ دیتے جاؤ"۔ کی آوازیں لگا رہی تھیں۔ اور پھر ——— مسجد کے مینار سے ایک پُروقار آواز بلند ہوئی ——— اذان کی آواز ——— اور سارے کے سارے لوگ قطار در قطار ہاتھ باندھ کر کھڑے ہو گئے۔ پہلے تو میری سمجھ میں نہ آیا کہ "آخر یہ کیا ہے اور یہ کیا کر رہے ہیں؟" پھر جیسے مجھے چپکے سے کسی نے بتایا "یہ سب اپنے خالق کی عبادت کر رہے ہیں"۔ اور میرے دل پر کچھ ایسا اثر ہوا کہ میرا سر بھی ان ہزاروں نمازیوں کے ساتھ اپنے خالق اور معبود کی بارگاہ میں خود بخود جُھک گیا۔ اور اب جو نظر اٹھاتی ہوں تو مسجد کے سارے نمازی ایک دوسرے سے گلے مل رہے ہیں۔ بچے خوشی سے کھلکھلاتے کھلونے، مٹھائیاں اور پکوان

خریدر ہے ہیں۔ مائیں بچوں کی خوشی میں خوش ہو رہی ہیں۔ مجھے بھی ان سب کے ساتھ ساتھ ہنسی آگئی۔ دوسروں کو خوش دیکھ کر بھی تو کتنی خوشی ہوتی ہے؛ آج بستی والوں کی عید کا دن ہے۔ میں اجنبی، انجان، تنہا اور سب سے دُور ہوتے ہوئے بھی ان کی خوشی میں شریک ہوں —— مگر —— کاش میں تنہا نہ ہوتی۔ اگر میرا بھی کوئی ہوتا۔ تو میری خوشی مکمّل ہوجاتی۔

اب لوگ عید گاہ سے واپس اپنے اپنے گھروں کو واپس جارہے ہیں۔ ان میں زون اور اس کے ساتھی لڑکے بھی ہیں جنھوں نے مجھے برف کے آدمی کی ناک میں چپکا دیا تھا۔ مگر عجیب بات ہے کہ انھیں دیکھ کر میرے دل میں غصّہ پیدا نہیں ہوا بلکہ یہ رنگین کپڑے پہنے بچّے مجھے اور بھی پیارے معلوم ہورہے تھے۔

میں بڑے شوق سے یہ دیکھ رہی تھی کہ اچانک آسمان پر ایک گہرا بادل گھر آیا اور سخت ٹھنڈی ہوا کے جھکڑ چلنے لگے اور لوگ جلدی جلدی اپنے گھروں کی طرف بھاگے۔ اسی وقت ایک بوڑھا آدمی ایک لمبا سا پُرانا کوٹ پہنے، سر پر اونی ٹوپی مڑھے اور ہاتھ میں ایک موٹا ڈنڈا سنبھالے تیز تیز پہاڑی پر چڑھنے لگا۔ میری نظر اس کی جھکی ہوئی ناک اور کرخت چہرے پر پڑی تو میں سمجھ گئی کہ یہ وہی "ماسٹر جی" ہیں جن کا ہم شبیہہ بچّوں نے بنا کر کھڑا کیا ہے —— اور —— اور میں خود جن کی

ناک کا ایک حصّہ بنی ہوئی ہوں۔

مگر یہ کیا بات ہے اور سب لوگ تو جب میرے پاس سے گزرتے تو ضرور ہنستے تھے۔ اور ان کو ہنستے دیکھ کر میں بھی مُسکرا دیتی تھی۔ مگر ماسٹر جی؟ نہیں وہ نہیں ہنسے۔ ان کا چہرہ تو یہ دیکھتے ہی غصّے سے سُرخ ہو گیا۔

"ہوں ــــ ہوں" دوبار انھوں نے خوفناک انداز میں کہا "یہ شیطان ــــ پاجی لڑکے ــــ ہوں۔ میری صورت بنائی ہے ــــ میری ــــ ناک کا مسّہ تک نہیں چھوڑا" یہ کہہ کر انھوں نے بے ارادے اپنی جُھکی ہوئی طوطے کی سی ناک کی پھنگی کے مسّہ کو چھوا۔ مجھے بے اختیار ہنسی آگئی ــــ مگر ــــ اسی وقت "ماسٹر جی" کا ڈنڈا ہوا میں لہرایا اور انھوں نے "برف کے آدمی" کو اس ڈنڈے سے اتنا پیٹا کہ وہ ریزہ ریزہ ہو کر زمین پر گر گیا۔ اس پر بھی ان کے غصّے کی آگ نہ بجھی۔ انھوں نے اپنی "ناک" تلاش کی اور اپنے ٹوٹے اور بھدّے جوتے سے زور زور سے مسل ڈالا۔

"آہ ــــ اوہ ــــ ہائے اللہ ــــ ارے میں ساری کچل کر رہ گئی ــــ مدد ــــ مدد ــــ" میں زور زور سے چلّاتی رہی۔

"ارے کوئی میری مدد کرو ——" مگر کوئی بھی مدد کو نہ آیا اور میں ٹکڑے ٹکڑے ہوئی۔ گندگی میں لتھڑی، درد سے بے حال، دل شکستہ، مجبور و حزیں وہاں پڑی رہی اور "ماسٹر جی" کے غصّے سے بھرے قدموں کی چاپ دھیمی سے دھیمی ہوتی چلی گئی!

اور تھوڑی دیر بھی نہ ہوئی تھی کہ نئے سرے سے برف باری شروع ہوگئی! یہ موسم کی دوسری برف باری تھی۔

برف کا یہ طوفان سارے دن اور ساری رات جاری رہا اور جب تھما تو میں برف کے کئی فیٹ نیچے دبی ہوئی تھی —— بڑا اندھیرا تھا یہاں۔ کچھ بھی تو نظر نہ آتا تھا —— مگر شکر کہ آوازیں اب بھی سُن سکتی تھی —— اور اس وقت گاؤں میں کیا ہو رہا ہوگا؟ میں توجہ سے سُنتی رہتی تھی۔ یہ کُتّے بھونک رہے ہیں۔ یہ بلّیاں "میاؤں میاؤں" کر رہی ہیں۔ بکریاں بھی "میں میں" کی آوازیں نکال رہی ہیں —— اور دور —— بھوری گائے کے گلے کی گھنٹی دھیمی دھیمی پرسوز آواز میں بج رہی ہے۔ اب کوئی ننھے قدموں سے دوڑتا جا رہا ہے —— یہ لال ٹوپی والی بچّی اسکول جاتی ہوگی —— آری چلنے کی آواز آ رہی ہے —— مدر کی

گھنٹیاں ایک پُرشکوہ انداز میں بج رہی ہیں ـــــ اور مسجد سے اذان کی دلکش آواز بلند ہو رہی ہے ـــــ آہ ـــــ اب میں ان سب کو کیسے دیکھوں گی! میرا دل درد و غم سے پھٹا جا رہا ہے۔

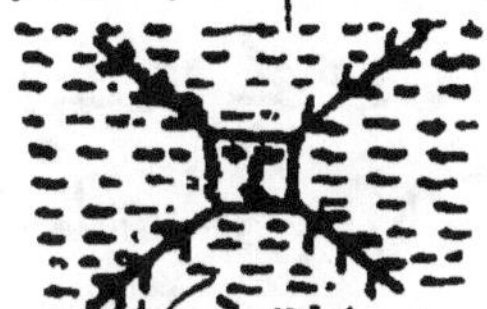

یہ نئی زندگی بڑی ہی غیر دلچسپ، کٹھن اور بے لُطف تھی۔ آئے دن برف کے نئے طوفان آتے اور میں برف کے نیچے دبتی چلی جاتی۔ یا بارش ہوتی تو برف کی اوپر کی سطح پپڑی کی طرح جم کر سخت ہو جاتی اور نیچے کا اندھیرا اور بھی گہرا ہوتا جاتا۔ یہاں تک کہ اب تو مجھے آوازیں بھی سنائی نہیں دے رہی تھیں۔ اگر کبھی کچھ سُنائی بھی دیتا تو میں یہ شناخت نہ کر پاتی تھی کہ یہ کس کی آواز ہے؟ بڑھئی آری چلا رہا ہے یا مندر میں گھنٹہ بج رہا ہے۔ اذان ہو رہی ہے یا بھوری گائے جا رہی ہے۔ بچے کھیل رہے ہیں یا کُتے بھونک رہے ہیں۔ بس سب آوازوں کا عجیب مِلا جُلا ہنگامہ میرے کانوں میں گونجا کرتا۔

آہ ـــــ میں کتنی نعمتوں سے محروم ہوں! خوش و خرم بچوں کو ہنستے ہوئے، پھول جیسے چہروں کا دیدار نہیں کر سکتی۔ اوشا کا رنگین سین اور غروب آفتاب کا حسین منظر میری نظروں سے اوجھل ہے۔ نسیم سحری کا ہلکا

پر لطف لمس اب نصیب نہیں ہوتا۔ میرا حسین جسم اپنی سُندرتا کھو کر اس مٹّی اور کیچڑ کے ڈھیر میں لت پت پڑا ہے۔ یہ سوچتے سوچتے میرا دل بھر آتا تھا۔ سب سے زیادہ صدمہ مجھے اس کا تھا، جس نے میرا دل ٹکڑے ٹکڑے کر دیا تھا کہ میرے خالق نے بھی مجھے بھلا دیا ہے۔ وہ پیاری سی انجان ہستی جس نے میرے دل کو حفاظت اور محبت کا بھروسہ دیا تھا، جس کے محبت کے احساس نے آندھی کے تیز جھونکوں میں بھی میرے دل کو محبت سے بھرپور رکھا تھا ـــــ آہ ـــــ آج ـــــ آج وہ مجھے کیوں بھول گئی۔

کیا میرا یہی انجام ہونا ہے کہ میں یہیں برف کے نیچے دبے دبے ختم ہو جاؤں؟ کیا میں صرف اسی لئے پیدا ہوئی تھی کہ طلوعِ سحر اور غروبِ آفتاب کا نظارہ کروں۔ ایک لڑکی کی ہنسی سنوں۔ ایک ماسٹر کی ناک بن جاؤں اور ـــــ اور ختم ہو جاؤں؟ آہ ـــــ میرا خالق مجھے کیوں بھول گیا؟ شاید وہ بہت مصروف ہے ـــــ ظاہر ہے کہ جس ہستی نے آسمان پر لاکھوں تارے بنائے، چاند سورج بنایا، یہ مندر مسجد بنائے، جس نے بھوری گائے کی آنکھوں میں معصومیت اور محبت پیدا کی، جس نے ننھی بچّی کو گلاب جیسے گال اور پھول جیسا چہرہ عطا کیا ـــــ وہ ـــــ وہ ـــــ بہت مصروف ہستی ہوگی۔ وہ سب کو کیسے یاد رکھ سکتا ہے ـــــ میں ـــــ میں کیوں نا اس ہستی سے دُعا کروں؟ ـــــ اس سے مدد کی التجا کروں۔ شاید اسی

طرح اسے میری یاد آجائے۔ یہ سوچتے سوچتے مجھے ایسا لگا جیسے میرے بالکل قریب ـــــ رگ گلو سے بھی نزدیک ـــــ کوئی ـــــ کوئی ہے جو میری بات سمجھ رہا ہے۔ میرے دل کی دعائیں سُن رہا ہے۔ میں نے دل ہی دل میں کہا ـــــ "میرے پیارے خالق! کیا تو مجھے بھول گیا؟ مولا ـــــ میں تنہا ہوں ـــــ خوف زدہ ہوں ـــــ میری مدد کر ـــــ مجھے اس تاریکی سے نکال ـــــ مجھے اندھیرے سے نفرت ہے روشنی سے پیار ہے۔" ـــــ اور پھر جھجک کر، شرما کر میرے منہ سے اتنا اور نکلا ـــــ "مجھے تجھ سے پیار ہے خالق ـــــ" اور یہ کہتے ہی ایک انجانی مسرت اور سکون میرے سارے وجود پر چھا گیا ـــــ اب نہ میں رنجیدہ تھی نہ خوف زدہ تھی۔ ایک عجیب خوشی، جوش اور ولولے سے میرا دل جھوم رہا تھا۔

اے ہے ! یہ ڈھول سے کیسے بج رہے ہیں ؟ ایسی آواز تو میں نے کبھی پہلے نہ سنی تھی !! اور بھلا سنتی بھی کیسے !! یہ تو موسمِ بہار کی پہلی بارش کا شور تھا۔ جو جاڑے کی برف کے سخت سطح پر دھول دھوں کرکے گر رہی تھی۔

ڈھول پٹنے کی آوازیں رفتہ رفتہ دھیمی ہوتی گئیں۔ یہاں تک کہ کسی گنگناہٹ میں بدل گئیں۔ بارش کا پانی برف کی سطح سے چھن چھن کر نیچے پہنچ رہا تھا۔ اور اس سے وہ برف پگھلنا اور بہنا شروع ہوگئی جو اوپر کی پٹری نما برف کے بہت نیچے دبی ہوئی تھی۔

اور آخر کار بہت دیر بعد بارش تھم گئی اور روشنی پھیل گئی۔ اندھیرا جس نے مجھے چاروں طرف سے گھیر رکھا تھا چھٹ رہا تھا۔ پہلے گہرا نیلا رنگ پھر زمرد جیسا سبز اور پھر ہلکا سبز رنگ دکھائی دینے لگا۔ اور پھر یہ رنگ رفتہ رفتہ سونے جیسا پیلا ہوگیا۔ ایسا جیسے کسی بھاری نقاب کے پیچھے تیز روشنی ہو رہی ہو۔ آہ —— مجھے اپنی آنکھوں پر یقین نہیں آیا —— کیا میں اتنی خوش نصیب ہوں کہ پھر روشنی دیکھوں گی؟

اور ایک دم یہ نقاب جیسے جادو کے زور سے ہٹ گئی۔ میرے سر پر، سنہرا، گرم اور حسین سورج شفاف نیلے آسمان پر چمک رہا تھا اور میں قید سے آزاد تھی۔ میرے دل سے صدا اٹھی —— ”سورج۔ میرا پیارا سورج —— میرا محبوب سورج —— آہ تجھے دیکھ کر میں کتنی خوش

ہوں ـــــ اتنی خوش کہ میرا رونے کو جی چاہتا ہے۔

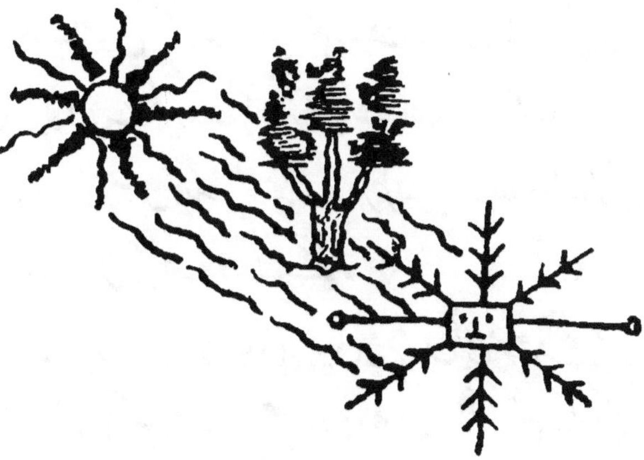

آزادی سچ مچ اتنی دل کش اور اتنی پیاری چیز ہے! میرا دل شکر گزاری کے جذبے سے لبریز ہو گیا اور مجھے ایسا لگا جیسے کوئی میرے بہت قریب کھڑا ہو ـــــ میں نے آہستہ سے کہا ـــــ "شکریہ ـــــ تمہارا بہت بہت شکریہ ـــــ تم نے مجھے قید کی مصیبت سے نجات دلائی۔"

اب میں نے اپنے چاروں طرف دیکھا تو حیرت اور ایک نئی مسرت سے میرا دل معمور ہو گیا۔ یہ دنیا اس سفید، اداس، بے رنگ دنیا سے کتنی مختلف تھی جس میں میں نے جنم لیا تھا۔ اب نہ وہ جان لیوا سردی تھی اور نہ وہ بے رنگی و بے کیفی ـــــ ہر چیز تر و تازہ، سرسبز اور رنگین تھی۔

زمین پر سبزے کا مخمل جیسا فرش بچھا ہوا تھا۔ جگہ جگہ ننھے ننھے نو خیز پھول کھلے ہوئے تھے۔ درختوں نے نئی دھانی پوشاک زیب تن کر لی تھی البتہ گہرے نیلے پہاڑوں کے سر پر اب بھی برف کا سفید تاج موجود تھا۔ جو سورج کی کرنوں سے ہیرے کی طرح جگ مگ جگ مگ کر رہا تھا۔ ننھے ننھے خوش نوا، خوش رنگ پرندے ہر طرف پھدک کر اپنی اپنی زبان میں اپنے خالق کی حمد گا رہے تھے۔

اور یہی نہیں دوسری جانی پہچانی چیزیں بھی موجود تھیں جن کو دیکھنے کے لئے اتنے دن تک میں بے چین رہی ہوں۔ اسکول کے چوکور صحن میں بچے کھیل رہے ہیں، مندر میں گھنٹیاں بج رہی ہیں۔ مسجد میں بھی چہل پہل نظر آ رہی ہے۔ گاؤں کے مکان جن کی کمر پہلے برف کے بوجھ سے جھکی ہوئی تھی، اب سبز سبز انگور کے پتوں سے لدے نئی بہار دکھا رہے ہیں۔ چنار کے سرخ پتے گر چکے ہیں اور اب وہ زمرد کے سے ہرے ہرے پتوں سے لدے کھڑے ہیں۔

آہ ــــــ میں سب سے پہلی برف باری میں آسمان سے زمین پر آئی تھی اس لئے آج سب سے آخر میں زمین میں برف کے نیچے سے دبی نکلی ہوں۔ جب میں ارد گرد نظر ڈالتی ہوں تو ایک حسین، نوجوان اور دلکش دنیا نظر آتی ہے۔ ہر طرف تیز دوڑتے ہوئے پانی کی دلکش موسیقی سنائی

دے رہی ہے۔ اور اس کے ساتھ جوش کے عالم میں میں نے بھی دوڑنا شروع کر دیا۔

سب سے پہلے میں ہموار نوخیز گھاس پر سے گزری اور پھر پہاڑی کے نیچے تر و تازہ سبزیوں کی دوکان کے پاس سے دوڑتی ہوئی آگے بڑھ گئی۔ وہاں سے چلی تو تنور والے کی دوکان کے پاس دم بھر کو رکی، تنور والا لال تہمد باندھے، نیلا بنیان پہنے گرم گرم، لال لال اور موٹی موٹی روٹیاں تنور میں سے نکال رہا تھا۔ لو وہ بازار کا چوک آگیا—— یہاں تو بہت سے جانے پہچانے چہرے نظر آرہے ہیں۔ اور آگے بڑھی تو اسکول کی سرخ و سفید عمارت میرے سامنے تھی جس پر انگور کی سبز سبز بیلیں چڑھی ہیں بڑی

دل کش معلوم ہو رہی تھیں۔ میں نے کھڑکی میں سے نظر ڈالی تو لال ٹوپی اوڑھے بینچ پر بیٹھی ایک بچّی نظر آئی۔ ماسٹر جی کے کسی سوال کے جواب میں اس نے اپنا ننھا سا ہاتھ اُٹھا رکھا تھا اور بے چینی سے اسے جھٹک رہی تھی! ارے یہ تو میری پُرانی دوست "زون" ہے۔ گرخواہش ہوتے ہوئے بھی میں وہاں نہ رُک سکی اور تیزی سے آگے بڑھ گئی ـــــ سامنے کھیت میں بھوری گائے نرم نرم گھاس کھا رہی تھی۔ اس کے گلے کی گھنٹی کی "ٹمن ٹمن" کی آواز دل کو بہت ہی بھلی معلوم ہوئی۔ جیسے ہی میں اس کے پاس سے گزری تو دم بھر کو بھوری گائے نے اپنی بڑی بڑی پریم بھری آنکھیں اٹھا کر مجھے دیکھا اور پھر گھاس کھانے لگی۔ آگے بڑھی تو دیکھا ایک مرغی اپنے بچّوں کے لئے ایک کیڑا مُنہ میں پکڑے چلی آرہی ہے اور پیارے پیارے بچّے ہر طرف سے اس کی طرف کٹ کٹ کرتے بھاگے چلے آرہے ہیں اور آگے بڑھی تو ایک لڑکا بڑی سی، بڑی گیند اُچھالتا ہوا ملا۔ گیند آکر میرے پاس گری اور میں ڈر کر بھاگی، تو گزوں دور دوڑتی چلی گئی۔ اور اب میں ایک چراگاہ سے گزر رہی ہوں جس پر ہزاروں ننھّے ننھّے زرد اور کاسنی پھول ہوا سے دھیرے دھیرے ہلکورے لے رہے ہیں۔ اور لو یہ گھنا جنگل آ گیا۔ اب میں ایک گلاب کی جھاڑی کے پاس پہنچی۔ جھاڑی پر گلاب کی ایک مُنہ بند سُرخ کلی ہل رہی تھی۔ ایک دم میرا جی چاہا کہ میں اس کلی کا

مُنہ چوم لوں۔ میں اُچھلی اور جیسے ہی میں نے اس کا مُنہ چوما تو کلی ہنس پڑی اور اب ایک حسین، شگفتہ ادھ کھلا گلاب شاخ پر مسکرا رہا تھا ـــــ میرا دل مسرت سے جھوم اُٹھا اور میں اسے پیار سے دیکھتی ہوئی آگے بڑھ گئی۔ میں دوڑتی رہی ـــــ دوڑتی رہی اور دنیا کی حسین و عجیب چیزوں کو دیکھتی رہی۔

اور یکا یک مجھے ایسا لگا جیسے کوئی بہت عجیب بات ہونے والی ہے۔ ...... ہو رہی ہے

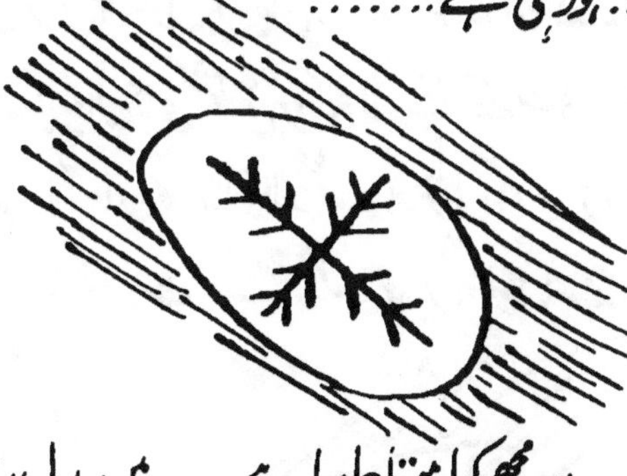

اوہ ـــــ یہ مجھے کیا ہوتا جارہا ہے ـــــ میں بدل رہی ہوں۔ میں نے اپنے کو غور سے دیکھا، کیا اب بھی میں وہی پرانی "ہم کماری" ہوں، شاید ـــــ پر اب میری صورت پہلے سے کتنی بدل گئی ہے؟ پہلے مجھ میں نازک گل بوٹوں جیسے نقش و نگار تھے، کھُردرا پن تھا، سلمیٰ ستارے سے بنے ہوئے کام کا سارنگ و روپ تھا! پر اب ـــــ اب تو میں کچھ اور ہی ہوگئی ہوں۔ ایسی گول جیسے سمندر کا موتی۔ ایسی شفاف جیسے

اوشا کی کرن، ایسی صاف جیسی ہیرے کی کنی۔ اب میں چاندی کا ایک ننھا سا آئینہ بن گئی ہوں کہ جس چیز کا عکس پڑے اسی کا رنگ دم بھر کے لئے قبول کر لیتی ہوں ...... آہ ـــــ اب میں برف کا ٹکڑا نہیں بلکہ ایک چھوٹی سی شفاف بوند ہوں۔ میں کائی پر بیٹھے ہوئے مینڈک کے پاس سے گزری تو میرا رنگ زمرد کی طرح سبز ہو گیا اور چشمے کی مچھلی کے نیچے سے تو عنابی رنگ کی بن گئی۔ ۔ کبھی کناروں پر اُگے ہوئے ارغوانی پودوں کا رنگ مجھ میں جھلک اُٹھتا تھا۔ اور کبھی میں نرگس کا پھول بن جاتی۔ شاہ بلوط کے درخت کے پاس سے گزری تو اس کی تنے کی چھال جیسی کشمکشی بن گئی اور بگلے کے پیٹ کے نیچے آئی تو دودھ جیسی سفید! آسمان کا ہلکا نیلا رنگ، درختوں کی سبزی، چٹانوں کا بھورا پن اور پہاڑوں کی نیلاہٹ سب کا رنگ مجھ میں سما جاتا ہے۔

میرا سفر جاری ہے۔ میں دوڑ رہی ہوں لگاتار، مسلسل ـــــ مجھے کچھ پتہ نہیں کہ یہ سفر جو شروع ہوا ہے وہ کتنا لمبا ہے میں چشمے کے بہاؤ پر تیزی سے بھاگی جا رہی ہوں۔ چاہوں بھی تو نہیں رُک سکتی ـــ کیا میں اب ہمیشہ

ہمیشہ بھاگتی ہی رہوں گی ؟ کبھی نہ رکوں گی ؟

میرے چاروں طرف میرے بہت سے بہن بھائی موجود ہیں اور میری ہی طرح دوڑ رہے ہیں ۔ یہ وہی سب ہیں جو میرے ساتھ یا میرے بعد آسمان سے گرے تھے اور اب وہ بھی برف کے ٹکڑوں سے میری طرح پانی کے شفاف موتی بن چکے ہیں ۔

بھاگ دوڑ اب زیادہ ہوگئی ہے اور اب ہم سب پہاڑی پر سے مجنونانہ انداز میں نیچے گر رہے ہیں ۔ ایک جھرنے کے سہارے میں اور میرے ساتھی نیچے وادی میں اتر رہے ہیں ۔ آزادی کی ایک شیریں احساس کے ساتھ، موسیقی کی ایک تان کے سہارے، جیسے کوئی گاتا، غوطہ لگاتا اور بھاگتا جا رہا ہو ۔ میرا دل خوشی سے گنگنا رہا ہے ۔ میں نے نیچے جھانکا ـــــ اور پھر اس آبشار کے سہارے پانی کے پھین دار سفید جھاگ کے ساتھ نیچے کود گئی !!!

پہاڑی سے نیچے کودتے وقت میں نے ایک عجیب نظارہ دیکھا !

سورج کی کرنوں میں نیلی نیلی پہاڑیوں کی چوٹیوں پر اب تک برف کا سفید تاج چمک رہا تھا۔۔۔آہ۔۔۔۔ یہ میرے وہ بے بس بہن بھائی تھے جن کو کافی حرارت اور روشنی نصیب نہ ہوسکی اور وہ وہاں پڑے مجھے اور میرے دوسرے ساتھیوں کو ندی کے ساتھ بہتے ہوئے حسرت سے دیکھ رہے تھے۔

میں نے زور سے آواز دی "آؤ۔۔۔۔۔۔ آؤ بھائیو تم بھی ہمارے ساتھ آؤ۔۔۔۔۔ کیوں وہاں افسردہ اور یخ بستہ پڑے ہو۔ دیکھو! یہ موسم بہار ہے، زندگی، مسرت اور جدوجہد کا پیام بر۔۔۔۔ میرے پیچھے تم بھی آؤ بہن بھائیو........"

مگر میرے پاس اتنا وقت نہ تھا کہ میں پلٹ کر دیکھتی کہ انھوں نے میری بات سُنی بھی یا نہیں۔ اس لئے کہ اب میں تو پہاڑی کی ڈھلوان پر جھرنے کے سہارے نیچے وادی کی سمت دوڑی جا رہی تھی۔۔۔۔۔ اور دم بھر میں سرسبز وادی کے دامن میں تھی۔ ایک پل کے لئے میرا سر چکرایا مگر میں نے اس کی پرواہ نہ کی اور آگے بڑھتی رہی ؎

سفر زندگی کے لئے سوز و ساز سفر ہے حقیقت حضر ہے مجاز

ندی ایک سرسبز وادی کے بیچوں بیچ بہہ رہی تھی ایسا لگتا تھا جیسے کسی حسینہ کے سر میں مانگ نکلی ہوئی ہے اس کے کنارے سے کچھ دور

ایک تیز رفتار ریل گاڑی چلی جا رہی تھی۔ جس میں بہت سے لوگ بھرے ہوئے تھے ـــــ آہ ـــــ یہ تو ندی سے بھی تیز بھاگی جا رہی تھی۔ اب میں سمجھی یہ وہی وادی ہے جسے میں بچپن میں پہاڑ پر سے دیکھا کرتی تھی ـــــ وہاں سے یہ وادی کتنی چھوٹی نظر آتی تھی ـــــ بالکل کھلونے جیسی ! اور اب یہ کتنی بدلی ہوئی ہے ! اور وادی ہی کیوں ؟ میں خود بھی تو بدل گئی ہوں ـــــ اور اس کے ساتھ ہی مجھے احساس ہوا کہ میں جوان ہو چکی ہوں ـــ اور اس احساس کے ساتھ ہی میرا چہرہ شرم سے سُرخ ہو گیا۔

ندی میں پہنچ کر مجھے اتنی فرصت مل سکی کہ میں ایک نظر پلٹ کر اونچے پہاڑوں پر بھی ڈال لوں۔ میرے بہت سے بہن بھائی اب بھی وہاں پا بستہ کھڑے تھے۔ ان کی محرومی پر میرا دل بھر آیا۔ اور ساتھ ہی مجھے اس رحمٰن ہستی کا خیال آیا جس نے مجھے آزادی اور جدو جہد کی نعمت عطا کی تھی۔ اور ایک بار پھر میرا سر اس انجانی ہستی کے سامنے عقیدت سے خم ہو گیا۔

ہم یوں ہی چلے جا رہے تھے کہ یکایک ایک مہم ہمارے سامنے آ گئی۔ کچھ دیر سے مجھے یہ محسوس ہو رہا تھا کہ ہماری رفتار بہت تیز ہو گئی ہے۔ قریب قریب اتنی تیز جتنی آسمان پر اُڑتا ہوا جہاز ——— ندی کے کنارے اب ایک دوسرے کے قریب آتے جا رہے تھے اور ایک عجیب سی گڑگڑاہٹ اور غراہٹ کی آواز سُنائی دے رہی تھی ——— مگر ——— مگر یہ آسمان پر اُڑتے ہوئے جہاز کی آواز تو تھی نہیں، پھر یہ کیا تھا؟ ایک انجانے خوف سے میرا دل دھڑکنے لگا۔ ندی میں تلاطم مچ گیا اور میں پانی کے پھین کے ساتھ اوپر اُچھلتی اور کودتی ڈولتی عجب بے بسی کے ساتھ دوڑ رہی تھی۔ غراہٹ کی آواز اور تیز ہو گئی ...... اور اس شور میں مجھے اپنے بھائی بہنوں کی چیخیں بلند ہوتی سُنائی دے رہی تھیں ——— "ہم گئے ——— گئے ———" اور پھر بادل کی ایک گرج کی آواز کے ساتھ میں ایک گہرے تاریک غار میں ڈوب گئی ——— میرا سانس گھٹ رہا تھا! مگر دم بھر کے بعد ایک دیو ہیکل پہیے نے مجھے گزوں اوپر اُچھال دیا۔ ہانپتے، کانپتے، اُچھلتے، ڈوبتے اور کسی بوجھل چیز سے پستے ہوئے مجھے ایسا معلوم ہوا کہ میں زمین اور آسمان کے درمیان معلّق ہوں۔

مجھ میں اب چلانے کی بھی سکت نہ تھی۔ خوف سے آواز حلق میں پھنس گئی تھی۔ مجھے یقین ہو گیا تھا کہ بس اب میرے خاتمے کا وقت آ گیا

ہے۔ مگر پھر کسی انجانی طاقت نے مجھے سہارا دیا۔ میں نے دل میں ٹھان لیا کہ ہمت نہ ہاروں گی اور ساتھ ہی مجھے یوں محسوس ہوا کہ اب میں نیچے کی طرف جا رہی ہوں۔ اسی دیو ہیکل پہیے کا سہارا میں نے پکڑ لیا۔ جواب بجائے اوپر کے نیچے کی طرف جا رہا تھا ——— اور آخر ایک بڑے ہی صبر آزما وقفہ کے بعد میں اُبلتے ہوئے جھاگ پر سے ہوتی ہوئی پھر ندی میں پہنچی اور کچھ دیر بعد اس پُرشور کنارے سے دوسرے کنارے کے پھل دار درختوں کے سائے میں دریا کی حسین و ہموار سطح پر آرام اور اطمینان سے آگے بڑھ رہی تھی۔

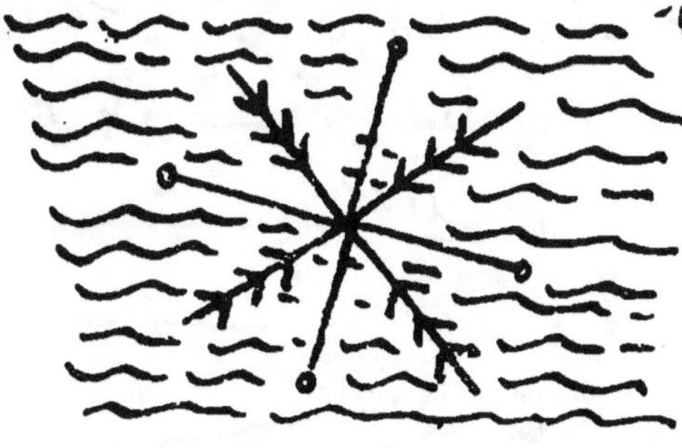

اب پہاڑیاں بہت دور اور بہت چھوٹی نظر آتی تھیں۔ ندی کے کنارے کے پیڑ ان درختوں سے بالکل مختلف تھے جو پہاڑی علاقے میں نظر آتے تھے۔ چنار اور دیودار کی جگہ املی — آم اور نیم کے پیڑوں نے لے لی تھی۔ چنبیلی کی خوشبودار جھاڑیاں کبھی کبھی اپنے ستاروں جیسے سندر پھول ندی پر نچھاور کر دیتی تھیں۔ زندگی پھر ایک بار دلکش اور پُرسکون

ہوگئی تھی۔ وہ خوف جو اس بن چکی کے دیو میں پھنسنے کے بعد دل میں بیٹھ گیا تھا اب دھیرے دھیرے کم ہو رہا تھا ـــــ مگر اب یہ تنہائی بہت بار گزر رہی تھی۔ یہ ٹھیک ہے کہ میرے چاروں طرف اور بہت سے بہن بھائی رواں دواں ہیں۔ مگر وہ سب تو اپنی اپنی ذات میں ایسے گم اور اپنی حالت میں یوں مُبتلا ہیں کہ جیسے کسی کی پرواہ ہی نہیں۔ اسی لئے تو مجھے اور بھی بُرا لگتا ہے اتنے بہت سے لوگوں کے بیچ میں بھی تنہائی کا ایسا شدید احساس ! نہ کوئی ہمدردانہ بات، نہ کوئی محبّت بھرا لفظ، نہ کوئی پیار بھری آواز، کوئی دوست نہیں۔ کاش میرا بھی "کوئی" ہوتا ـــــ یہ "کوئی" کیا ہے؟ کون ہے؟ یہ میں خود بھی نہیں جانتی ـــــ مگر میرے دل میں اس سے ملنے کی تمنّا روز بروز بڑھ رہی ہے ـــــ اور آخر ایک دن ـــــ وہ مجھے مل گیا۔ اور میری قسمت پلٹ گئی ـــــ

دریا کا پاٹ خوب چوڑا ہو گیا تھا۔ اتنا چوڑا کہ اب اس کے دونوں کناروں کو دیکھنا میرے لئے مشکل تھا۔ اب میں کبھی دریا کے اوپر دوڑتی،

کبھی اس کی تہہ میں جاکر رنگ برنگی، وضع وضع کی مچھلیوں کے پیٹ کے نیچے تیراکرتی اور ان کی چہلیں اور دلچسپ حرکتوں سے لطف اٹھاتی۔ جب ندّی کی سطح پر آتی تو دریا کے کناروں پر اب چھوٹے چھوٹے گاؤں کے بجائے بڑے بڑے شہر نظر آتے تھے۔ کہیں مسجدوں کے سفید گنبد دکھائی دیتے تو کبھی مندروں کے سُنہری کلس سورج کی کرنوں میں چمکتے نظر پڑتے۔ سبز سبز درختوں کے بیچ میں، سفید، لال، مٹیالے رنگوں کے مکان دکھائی دیتے اور ان کے آس پاس بہت سے آدمی چلتے پھرتے دکھائی دیتے تھے۔ کچھ کشتیاں چلاتے اور مچھلیاں پکڑتے نظر آتے تھے۔ کبھی ایسا ہوتا کہ یہ شور ہنگامے والے شہر پیچھے چھوٹ جاتے اور پھونس کی جھونپڑیوں اور کچے مکانوں کی قطاریں دکھائی دیتیں جن کے سامنے، گائے، بیل اور بھینس دانہ گھاس چرتے ہوتے۔ کہیں مرغیاں کٹ کٹ کرتی اور اپنے بچّوں کو دانہ چگاتی نظر آتیں اور کہیں بطخیں تیرتی ملتی۔ ان گاؤں والوں کے میلے، ننگے، دُبلے پتلے بچے کبھی اس زور سے ندی میں غوطہ مارتے کہ میں ڈر کر سطح کے بہت نیچے چلی جاتی۔ کتنا فرق ہے ان بڑے شہروں اور ان چھوٹے چھوٹے گاؤں میں !! لیکن یہ فرق ہے کیا اور کیوں ہے؟ یہ بات میری سمجھ میں نہیں آئی۔

اور ایک دن میں حسبِ عادت سوچ بچار میں کھوئی ہوئی چلی جارہی

تھی کہ ایک آواز میرے کان میں آئی " زرا سنو! ــــ تم برف پارہ ہو نا؟"
" ہاں ــــ میرا نام ہِم ہے ــــ ہِم کماری ــ برف کی بیٹی!"
" کتنا پیارا نام ہے اور تم خود بھی کتنی سُندر ہو! کسی نے شرمیلے انداز میں کہا۔
"حسین"! ــــ "سندر"!! زندگی میں پہلی بار میں نے یہ لفظ سُنے تھے! مجھے کوئی سُندر کہہ رہا ہے؟
"تم مجھے سُندر سمجھتے ہو؟ مگر تم ہو کون؟" اور میں نے چاروں طرف نگاہ دوڑائی کہ کون مجھ سے باتیں کر رہا ہے؟
"میں قطرہ ہوں موسمِ بہار کی پہلی بارش کا پہلا قطرہ۔"
میں نے غور سے دیکھا۔ ناشپاتی کی صورت کا ایک لمبوترہ سا بڑا خوب صورت قطرہ میرے برابر تیر رہا تھا۔ کتنا حسین ہے یہ قطرہ" میرے دل میں یہ خیال آیا اور میں شرم سے گلابی ہو گئی۔
"تم کہاں سے آئے ہو؟"
"آیا تو میں بھی تمھاری طرح آسمان سے ہی ہوں۔ ہم کماری۔ یہ مہینوں پہلے کی بات ہے کہ میں ایک بادل کے سینے میں پیدا ہوا ــــ اور پھر اس کے ساتھ ساتھ مدتوں دوڑتا رہا ــــ اُڑتا رہا ــــ یہاں تک کہ میں اس پہاڑی پر ــــ جہاں سے تم آئی ہو ــــ مینہ کی پہلی بوند بن کر بادل

کے سینے سے ٹپک پڑا۔ میں اس پہاڑی ہی سے تمھارے پیچھے پیچھے چلا آرہا ہوں ـــــ مگر میری ہمت نہیں پڑی کہ تم سے بات کروں۔"

"مگر ہمت کیوں نہیں پڑی؟"

"اس لئے ـــــ اس لئے کہ تم بہت سُندر ہو نا ـــــ بہت ہی سُندر!"

مجھے ہنسی آگئی۔ کسی سے بات نہ کرنے کی یہ وجہ بھی عجیب ہے کہ وہ سُندر ہے۔ بہت سُندر ـــــ مگر میں نے کچھ کہا نہیں۔ کبھی وہ بُرا مان جائے۔

"اور تمھارا نام کیا ہے؟" میں نے کچھ شرماکر پوچھا۔

"میرا نام ـــــ میرا نام ہے برکھا کا موتی ـــــ"

"برکھا کا موتی ـــــ اچھا نام ہے ـــــ پر میں تمھیں صرف موتی کہوں گی ـــــ"

"اور میں تمھیں صرف ہم کہہ کر پکاروں گا!"

کچھ دیر تک تو ہم چُپ چاپ پہلو بہ پہلو تیرتے رہے ـــــ آخر موتی بولا ـــــ "میں نے اس پن چکی والی مہم میں تمھاری بہادری دیکھی۔ کیسی ہمت اور حوصلے کے ساتھ تم ڈوب کر اچھلیں اور پھر فضا کی بلندیوں سے بغیر جھجکے نیچے کود آئیں کہ واہ وا ـــــ اور میں پورے وقت ڈرتا رہا کہ

خدا نہ کرے کہ ـــــ تم ـــــ تم ختم ہو جاؤ"

ایک بڑا ہی لذیذ اور شیریں احساس میری رگ رگ میں سما رہا تھا۔ کوئی مجھے بہادر سمجھتا ہے ـــــ سُندر سمجھتا ہے ـــــ مجھ سے باتیں کرنا چاہتا ہے ـــــ میرے ساتھ رہنا چاہتا ہے !!!

اب ہم کافی بے تکلّف ہو گئے تھے میں نے کہا۔ "موتی یہ تو بتاؤ کہ اپنی پیدائش کے وقت تمھیں کیسا لگا تھا؟"

"میری پیدائش غالباً برفانی خطّے کے اوپر کی فضا میں ہوئی ہوگی۔ ایک صبح مجھے ایسا لگا جیسے کوئی مجھے گہری نیند سے جگا رہا ہو۔ میں نے آنکھ کھولی، ایک بھورے اور کالے بادل کے سینے میں، میں اور میرے جیسے لاکھوں قطرے خواب سے بیدار ہو رہے تھے۔ مدّت تک ہم کو ہوا اپنے کھینچتی گھسیٹتی، اُڑاتی اِدھر سے اُدھر اور اُدھر سے اِدھر پھراتی رہی۔ جب ہم نیچے کی طرف دیکھتے تو بس ہر طرف برف کی سفید سفید چادر بچھی دکھائی دیتی تھی۔ ہر طرف برف ...... کبھی ہمیں اپنے نیچے ایک اور گھنا مٹیالا بادل نظر آتا

تھا مگر ہمارے نیچے جانے کا ابھی وقت نہیں آیا تھا!"

"مگر کیوں نہیں آیا تھا؟" میں نے پوچھا "یہ کیوں" اور "کیا" ہمیشہ میرے ذہن میں پیدا ہوتے رہے تھے۔

"یہ میں کچھ نہیں جانتا۔ شاید اس میں ہمارے بنانے والے کی مصلحت ہو۔ یا اس کا کوئی قانون ہو ——— کسے پتا کہ یہ سب کیا ہے؟ اور موتی کسی سوچ میں کھو گیا۔

"پھر کیا ہوا؟" مجھے اس کی کہانی سننے کا بڑا شوق تھا۔

"پھر ——— پھر ایک دن گرم ہوا کے کئی جھونکے آئے .... ہمیں ایسا لگا کہ جیسے ہم نیچے گرنے پر مجبور ہوں۔ میرے ساتھی ڈر رہے تھے مگر میں نے ہمت کی اور سب سے پہلے زمین کی طرف روانہ ہو گیا ———"

مجھے اپنا نیچے آنا یاد آگیا اور ساتھ ہی اس نامعلوم خالق کی یاد آئی جس نے مجھے بنایا تھا۔ میں نے سوچا موتی بہت عقل مند ہے وہ ضرور جانتا ہو گا کہ وہ کون ہے؟ کہاں ہے؟ "اچھا موتی یہ بتاؤ کہ ہمیں بنایا کس نے آخر ہم آسمان سے نیچے کیوں گرے؟ یہاں کس لئے بھیجے گئے ہیں؟ ہماری زندگی کا مقصد کیا ہے؟ اور ہاں موتی کیا تمھیں بھی کبھی یہ احساس ہوتا ہے کہ تمھاری کوئی حفاظت کرتا ہے ——— تم سے پریم کرتا ہے ———"

موتی کچھ دیر سوچتا رہا اور پھر بولا ——— "ہم! مجھے یہ کچھ معلوم نہیں۔

میں تو صرف اتنا جانتا ہوں کہ جب سے تمھیں دیکھا ہے بس تم ہی تم میرے دل میں بسی ہوئی ہو۔ کچھ اور سوچنے اور غور کرنے کی نہ مجھے کوئی خواہش ہے نہ شوق۔ میرے خیالوں اور تمناؤں کی مرکز تم ہو——صرف تم ہم پیاری—— کیا تم میری بنو گی؟" موتی نے ایک ہی سانس میں یہ سب کچھ کہہ ڈالا جیسے شاید وہ مدتوں سے دل میں چھپائے ہوئے تھا۔

مسرت، پریم، شکر و تمنا کا ایک لطیف احساس پھر ایک بار میرے سارے وجود پر چھا گیا——کتنی پیاری ہے یہ دنیا——یہ زندگی! کوئی میری حفاظت کرتا ہے——مجھ سے محبت کرتا ہے——میرے ساتھ رہنا چاہتا ہے——میرا بننا اور مجھے اپنا بنانا چاہتا ہے—— مگر——مگر میں فوراً کوئی فیصلہ نہ کر سکی کہ ہاں کروں یا نا؟ کچھ دیر بعد آہستہ سے میں نے کہا——"موتی——تم کتنے اچھے ہو—— کتنے مہربان——مگر میں ابھی کچھ نہیں کہہ سکتی——کیا تم کچھ دن انتظار کر سکتے ہو؟"

"کچھ دن ہم، تم کہو تو میں ساری زندگی تمہارا انتظار کرسکتا ہوں ـــــ"

آس پاس کا منظر روز بروز بدلتا جاتا تھا۔ پہاڑیاں اب کہیں بھی نظر نہ آتی تھیں۔ کنارے پر گیہوں جو اور ارہر کے ہرے بھرے لہلہاتے کھیت تھے۔ کبھی کبھی کوئی چھوٹا سا قصبہ یا کوئی بڑا سا شہر نظر آجاتا تھا۔ دریا کبھی سیدھا بہتا تھا اور کبھی سانپ کی طرح لہرانے اور بل کھانے لگتا تھا۔ مگر اب مجھے کسی چیز کا ڈر یا خوف نہ تھا کیوں کہ اب میں اکیلی نہ تھی۔ اب میرا موتی میرے ساتھ تھا۔

آخر ایک دن میں نے فیصلہ کر ہی لیا اور دھڑکتے دل کے ساتھ شرماتے ہوئے میں نے موتی سے کہا "موتی ـــــ"

"ہاں پیاری ہم!"

"تم نے بڑے صبر سے کام لیا۔ تمہاری محبت سچی ہے ـــــ تمہارے سوال کا جواب ...." اور میں شرم سے آگے نہ بول سکی۔

"ہم ـــــ پیاری ہم ـــــ بولو ـــــ جلدی بولو میرے سوال کا کیا جواب ہے؟" بے صبری سے موتی نے کہا۔

"میں تمہاری ہوں ـــــ ہمیشہ کے لئے تمہاری ـــــ صرف تمہاری ـــــ"

سورج دن بھر کے سفر کے بعد تھک کر مغرب کی طرف جارہا تھا اور

اس کی کرنوں نے آسمان پر شفق کی سُرخی پھیلا کر دریا کی چاندی جیسی لہروں پر سونے کا پانی پھیر دیا تھا۔ کچھ دیر تک ہم خاموشی سے پہلو بہ پہلو تیرتے رہے۔

"پیاری ہم" بڑے ہی پیار سے موتی نے دھیرے سے کہا۔

"ہاں پیارے موتی!" شرما کر میں نے جواب دیا اور شفق کے عکس نے میرے شرمائے چہرے کو بالکل لال کر دیا۔

"میری رفیقِ حیات —— میری جان —— میری زندگی!"

اور ہم دونوں ایک دوسرے میں جذب ہو گئے —— دوئی ختم ہو چکی تھی اور ہم دونوں ایک دوسرے سے مل کر ایک ہو چکے تھے۔ ہم موتی تھی اور موتی ہم تھا۔ ہم اس طرح متحد ہو گئے کہ ہمارا ذہن، دماغ، خیال سب اب ایک جیسا ہو گیا تھا۔ ہم دونوں کا حال یہ تھا کہ مُنہ سے نکالنے سے پہلے ہی دونوں ایک دوسرے کے دل کی بات سمجھ جاتے۔ دوسرے کی خواہش اور تکلیف کو خود اس سے پہلے جان جاتے۔ ایک کو دوسرے سے سہارا تھا تقویت تھی۔ اب ہم دونوں دنیا کی کسی چیز سے خوف زدہ نہ تھے —— اب مجھے

اپنی پیدائش سے لے کر اب تک کی ساری اچھی اچھی باتیں یاد آتی تھیں۔ وہ ہوا کا جھونکا، وہ طلوعِ آفتاب کا حسین منظر، وہ سُندر ننھی بچی، برف کے قید خانے سے رہائی کی وہ مسرت، پہاڑ سے نیچے کی وہ دوڑ ——— مگر ——— مگر کسی وقت بھی میں اتنی مطمئن اور خوش نہ تھی جتنی آج ہوں۔ موتی سے مل کر جو خوشی مجھے ملی وہ لافانی ہے۔

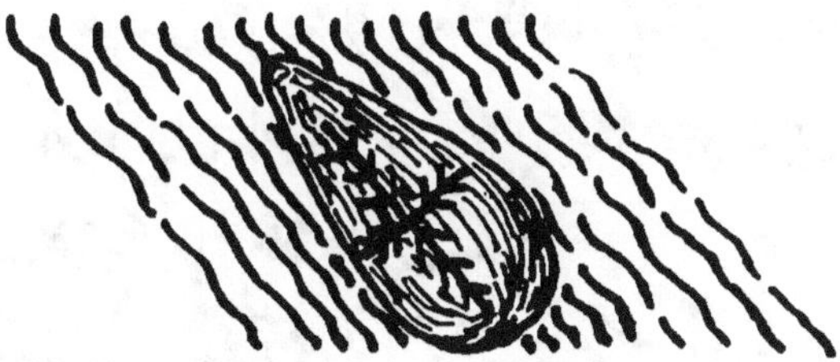

ہمارا دریا روز بروز رنگ بدل رہا تھا آخر ایک دن میں نے حیرانی سے موتی سے پوچھا ——— "یہ ہمارے دریا کو کیا ہوا جا رہا ہے؟"

موتی آج کل میرے سوا دنیا کی ہر چیز سے بے نیاز تھا یہ سُن کر چونک پڑا۔ اس نے چاروں طرف نظر دوڑائی۔ دریا کے کناروں کا دور دور تک کہیں پتہ نہ تھا۔ لہروں میں وہ پہلا جوش اور بہاؤ نہ رہا تھا۔ اس کے بجائے ہم ایک گہرے نیلے پانی کے خطے میں بڑی آہستہ خرامی کے ساتھ چلے جا رہے تھے۔

"ارے ——— یہ تو جھیل ہے۔ کتنی اچھی بات ہوئی کہ ہم دریا سے

جھیل میں پہنچ گئے۔ اب کچھ دن بھاگ دوڑ سے آرام ملے گا اور ہم سکون سے زندگی بسر کریں گے۔ ایک دوسرے کی محبت کا لطف اُٹھا سکیں گے۔ میں بہت خوش ہوں ——— بہت ہی خوش پیاری ہم"——— موتی واقعی خوشی سے پھولا نہ سما رہا تھا۔

"سچ کہہ رہے ہو موتی! چلو یہ بھی اچھا ہوا میں بھی اتنی بھاگ دوڑ اور ہنگاموں سے تھک چکی تھی۔ میرا جی چاہتا تھا کہ کچھ دن آرام اور سکون سے کہیں ٹک کر رہ سکوں۔ اب ہم یہاں کچھ دن چین سے رہیں گے میں زندگی کی خوشیوں سے بھر بھر کر جام لنڈھائیں گے۔"

"اور کیا ——— جب گرمی ہو گی تو غپ سے جھیل کی تہہ میں چلے جایا کریں گے۔ دیکھو یہ جھیل بہت گہری ہے پھر بھی اس کا پانی اتنا شفاف ہے جیسے آئینہ ہو ——— تہہ کی ساری چیزیں صاف نظر آ رہی ہیں ———"

"پیارے موتی! تم سلامت رہو۔ میرے پاس رہو ——— بس اس سے بڑھ کر مجھے کیا چاہیے؟" اور عین اسی وقت ایک سایہ میرے اوپر سے گزرا اور چھپ چھپ کی عجیب سی آوازیں آنے لگیں۔ میں گھبرا گئی ———

"ارے ——— ارے یہ کیا ہے موتی؟" موتی نے فوراً میرا ہاتھ تھام لیا "ہم پیاری ڈرو نہیں ——— ایک آدمی کشتی کھے رہا ہے اب وہ ہم پر سے گزرنے والا ہے چلو اس کو سہارا دیں۔"

"مگر ـــــ میں اس کے نیچے دب کر کچل نہ جاؤں گی؟"

"نہیں نہیں دبنے کا بھلا اس میں کیا ذکر ہے؟ ـــــ ہم تو نیچے سے لے تیرے میں سہارا دیں گے اور تم ڈرتی کیوں ہو ہم ـــــ میں جو تمھارے ساتھ ہوں ــــ

دو دل ہوئے جب ایک.........."

مچھیرا اپنی ننھی سی ڈونگی کھینا ہوا چلا گیا اور مجھے ایک عجیب سی خوشی اور قوت کا احساس ہوا۔ "یہ تو بڑے مزے کی بات ہے موتی!"

اور اب تو اکثر ہم ننھی ننھی رنگین اور سفید کشتیوں کو سہارا دیا کرتے۔ کبھی کبھی دو منزلہ کشتیاں بھی ہم پر سے گزر جاتیں۔ ان کشتیوں شکاروں، ننھے جہازوں میں کبھی کبھی مالدار جوڑے بیٹھے نظر آتے۔ کبھی نئے دولھا دلہن یا عاشق و معشوق محبت کے راگ گاتے ملتے۔ کبھی چھوٹے چھوٹے بچے ہنستے اور کلکاریاں مارتے دکھائی دیتے۔ ایسے میں میں بھی بے اختیار ان کے ساتھ ہنسنے اور گنگنانے لگتی۔ اکثر غریب، مفلس اور مصیبت کے مارے مچھیرے اپنی روزی کی تلاش میں گزرتے تھے۔ اور کبھی مانجھی اور ملاح خالی کشتی لے کر دن بھر مزدوری نہ ملنے سے مایوس اور دل شکستہ گھر لوٹتے تو ان کا درد میں بھرا ہوا راگ اور ان کے آنسوؤں کی چمک مجھے بے چین کر دیتی اور میں بھی ان کے ساتھ آنسو بہانے لگتی۔ کبھی کبھی بجلی کی سی تیزی سے کوئی

موٹر بوٹ ہم پر سے گزر جاتی تو میں خوف سے چیخ اٹھتی۔ گر فوراً ہی موتی کے قرب کا احساس میرے دل سے خوف دور کر دیتا اور میں اس کے بہت نزدیک ــــــ بہت قریب آجاتی۔ وہ مجھے پہلو سے لگا لیتا۔ اس وقت بجائے خوف کے میں ایک عجیب لطف و مسرت کے جھولے میں جھولنے لگتی تھی۔

کبھی کبھی محبت کرنے والے جوڑوں کو کشتیوں میں بیٹھا دیکھ کر میں اچانک پوچھ بیٹھتی ــــــ "موتی! کیا اب بھی تمھیں مجھ سے ایسی ہی محبت ہے جیسی پہلے تھی؟"

موتی حیران ہو کر کہتا ــــــ "یہ بھی کوئی پوچھنے کی بات ہے ہم ــــــ ہے بے شک ہے ــــــ بلکہ پہلے سے بھی زیادہ ــــــ"

اور اسی طرح بہت دن گزر گئے۔ ایک دن مجھے ایسا لگا جیسے ہماری رفتار پھر تیز ہو گئی ہو ——— "موتی تم نے کوئی نئی بات محسوس نہیں کی؟"

"ہاں۔ میرا خیال ہے کہ ہمارا سفر پھر شروع ہو گیا ہے۔ اب ہم جھیل کے آخری سرے پر پہنچ چکے ہیں۔"

اور تھی بھی یہی بات۔ جھیل کا وہ سرا جس سے ہم کبھی داخل ہوئے تھے کبھی کا دور چھوٹ چکا تھا۔ برف پوش پہاڑوں کی جھلک تک نظر نہ آتی تھی۔ ایک بہت بڑے شہر کے مینار، گنبد اور اونچی اونچی عمارتوں کی چوٹیاں اور کارخانوں کی چمنیاں نظر آ رہی تھیں۔ ہم آہستہ آہستہ آگے کی طرف بڑھ رہے تھے ——— پہلے ایک تنگ نالے میں سے گزرے پھر ایک بہت چوڑے آہستہ رو دریا کے پاٹ میں داخل ہو گئے۔ سکون اور آرام کا خوش گوار زمانہ بیت چکا تھا۔ زندگی کی جدوجہد اور سفر شروع ہو گیا۔

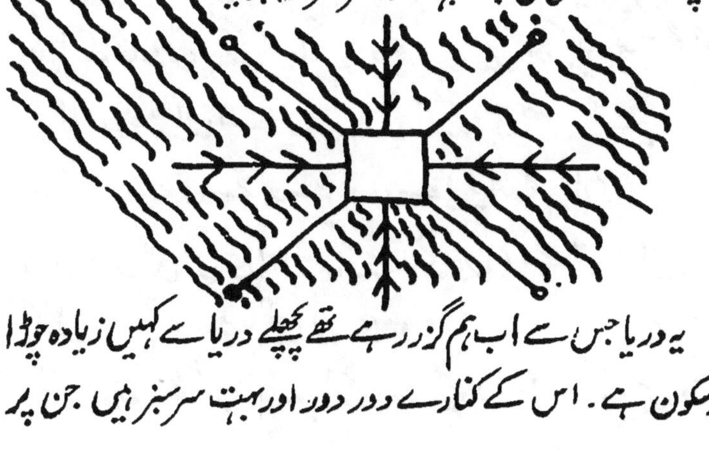

یہ دریا جس سے اب ہم گزر رہے تھے پچھلے دریا سے کہیں زیادہ چوڑا اور پرسکون ہے۔ اس کے کنارے دور دور اور بہت سرسبز ہیں جن پر

گھنے گھنے درختوں کا سایہ ہے۔ اِن کناروں پر کافی چہل پہل نظر آرہی ہے باجھیوں ہانجیوں اور ملّاحوں کی ناویں بار بار ادھر سے اُدھر آجا رہی ہیں۔ کبھی کبھی شوقیہ سیر کرنے والوں کی سجی بنی بادبانی کشتیاں نظر آجاتی ہیں۔ میں اب ان کی عادی ہو چکی ہوں۔ بلکہ اب انھیں سہارا دینے اور اُن میں بیٹھے لوگوں کی باتیں سُننے میں لطف آنے لگا ہے۔ کبھی کبھی اُن کشتیوں سے موسیقی کی کوئی بڑی ہی دلکش تان بلند ہوتی ہے تو میں بھی بے اختیار گنگنانے لگتی ہوں۔ جن پر موتی سر گھما کر مجھے دیکھتا ہے۔ ذرا سا مُسکراتا ہے اور خاموش ہو جاتا ہے۔ میں جتنی باتونی ہوں، موتی اتنا ہی خاموش طبیعت کا ہے۔

جھیل چھوڑے بہت دن نہیں گزرے تھے۔ ایک دن ہم ایک سرسبز خطّے میں سے گزر رہے تھے، جہاں آموں کے جُھنڈ کے جھنڈ اور شاہ بلوط کے درختوں کا گھنا سایہ نظر آتا تھا۔ زرد اور سفید چنبیلی کی جھاڑیاں دریا کے کناروں پر جُھکی اپنا عکس دیکھ رہی تھیں اور کہیں کہیں جنگلی گلاب کی گلابی پنکھڑیاں اپنے کو پانی پر نچھاور کر دیتی تھیں۔ ایسے ہی ایک خطّے میں سے گزرتے ہوئے موتی نے پوچھا۔ "ہم پیاری یہ ہمارے آس پاس ننّھی ننّھی سی آوازیں کیسی آرہی ہیں؟ مجھے ایسا معلوم ہوتا ہے کہ کل سے تم کسی سے باتیں کر رہی ہو؟"

میں نے شرمیلے اور پیار بھرے لہجے میں جواب دیا "میں سوچ رہی

رہی تھی کہ آخر تمھیں کب یہ بات معلوم ہوگی ــــ موتی ــــ میرے سرتاج"
ــــ میں نہیں سمجھا "

"یہ ہمارے بچے ہیں۔"

یہ سن کر موتی خوش تو بہت ہوا مگر سنجیدگی سے کہا ــــ "اچھا ــــ
اچھا ــــ ہوں ــــ خوب خوب کتنے ہیں؟"

میں نے پہلی بار ان کو گنا اور بڑے ناز کے ساتھ کہا ــــ "چار ہیں
پورے چار ــــ"

" ہوں ــــ چار؟ ــــ اچھی خاصی گنتی ہے ــــ ان کے نام
کیا رکھے ہیں تم نے؟"

"نام؟" کچھ دیر تک میں سوچتی رہی ــــ "لو سنو ــــ یہ جو دو لڑکیاں
ہیں ان میں سے ایک کا نام ہے ــــ شبنم کماری ــــ دوسری کا نام ہے
"ہم لتا۔" رہے دونوں لڑکے ان کے نام تم رکھو ــــ"

" میں رکھوں ــــ اچھا اچھا ــــ اچھا یہ جو بڑا ہے اسے تو میں
" ہم کمار" کہوں گا اور اس دوسرے سب سے چھوٹے والے کو
برف پاشا۔"

" واہ وا ــــ کیسے خوب صورت نام ہیں ــــ"

" ہم کماری ــــ باپ بننا کتنا آسان ہوتا ہے۔ کیسی مسرت

اور فخر کا احساس ہوتا ہے ۔۔۔۔۔" بڑے فخر کے ساتھ موتی نے کہا اور پھر اپنے خیال میں کھو گیا۔

موتی بچوں سے زیادہ مخاطب نہیں ہوتا تھا۔ ہاں کنکھیوں سے ان کو اچھلتے کودتے، ہنستے کھیلتے دیکھ لیا کرتا۔ کبھی وہ لہروں پر دوڑتے کبھی بلبلوں کی پیٹھ پر بیٹھ کر سواری کرتے۔ موتی کو اپنے چاروں بچوں پر بڑا ناز تھا۔ ایک بار تو اس نے ان سے باتیں کرنے کی کوشش بھی کی۔ مگر سمجھ میں نہیں آیا کہ کیا کہے۔

مگر مجھے تو صبح سے شام تک بہت مصروفیت رہتی تھی۔ ہر وقت ان کو صاف ستھرا رکھنا۔ کالک کے دھبّے جو ڈونگوں اور کشتیوں کے دھوئیں سے پڑ جاتے تھے ان کو صاف کرنا اور ہر سمے یہ دھیان رکھنا کہ وہ مجھ سے دور جا کر کہیں بھٹک نہ جائیں۔ جب اوپر سے کوئی ناؤ گزرتی تو میں ان کو اپنے پاس جمع کر کے ان کے ہاتھ تھام لیتی اور انھیں سکھاتی کہ کیسے کسی تیرتی ہوئی کشتی کو سہارا دیا جاتا ہے۔ میں نے جو کچھ آج تک سیکھا تھا وہ سب ان بچوں کو بتانے اور سکھانے کی کوشش کیا کرتی تھی۔

پھر بھی میں اتنا وقت نکال لیتی کہ چاروں طرف کی چیزوں کو دیکھ کر ان سے لطف اندوز ہو سکوں۔ سڑک پر سے گزرتی پوں پوں کرتی موٹریں، تیز رفتار ریلیں، آسمان پر اُڑتے ہوئے جہاز، شاندار ہوٹل اور رنگین و خوب صورت دُکانیں اور کھیتوں کی لہلہاتی ہوئی فصلیں اب بھی مجھے پیاری لگتی تھیں۔ نئے نئے قسم کے گھر، بڑی بڑی مسجدیں اور اونچے اونچے مندر میری توجہ کو اپنی طرف کھینچ لیا کرتے تھے۔ مگر موتی نے ایک دن ایسی بات کہی کہ میں گھبرا گئی۔ پوچھنے لگا ــــــ "ہم اب تم مجھ سے پہلے کی طرح باتیں نہیں کرتیں ــــــ کیا اب تمھیں مجھ سے پہلی جیسی محبت نہیں رہی؟"

"یہ خیال کیسے آیا تمھیں موتی؟" میں نے کہا اور پھر مجھے ہنسی آگئی! بھولا مرد!

"بات یہ ہے موتی! کہ میرا بہت سا وقت بچوں کی دیکھ بھال اور تربیت میں صرف ہو جاتا ہے۔ تم باپ ہو ان سے دور دور رہتے ہو۔ پر میں تو ماں ہوں نا؟ میں ہی ان کو پڑھاؤں لکھاؤں گی نہیں تو وہ پھر بدھو اور اُجاڑ نہ رہ جائیں گے؟"

موتی حسبِ عادت کسی خیال میں کھو گیا اور صرف "ہوں ــــ ہوں" کر کے رہ گیا۔ میں اس کے بالکل نزدیک ہو گئی۔ "خفا ہو گئے کیا؟ موتی پیارے۔ دیکھو بچوں کو بھی تو میں اسی لیے پیار کرتی ہوں کہ وہ تمھارے

بچتے ہیں۔ پیارے کے پیارے ——" موتی نے میرا مُنہ دیکھا اور مسکرانے لگا۔ اس کے چہرے پر ایسی کیفیت تھی جیسے بادل برس جانے کے بعد کُھل جاتا ہے اور آسمان نکھر آتا ہے! "میری پیاری ہم —— ٹھیک ہے —— ٹھیک ہے —— میں جانتا ہوں ان پریم بھری نظروں کو پہچانتا ہوں ——"

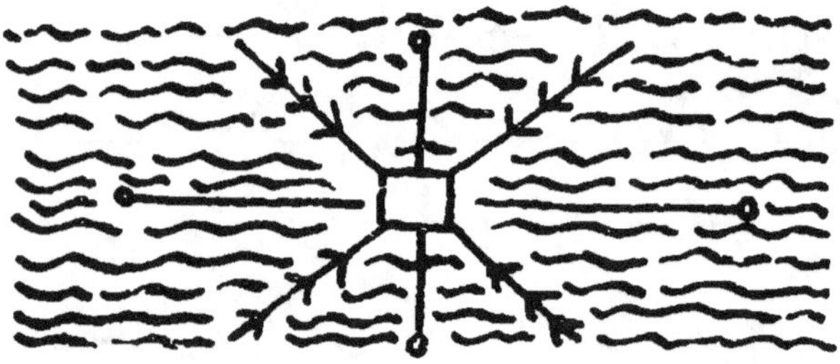

اور پھر ایک دن —— ایسا ہی پُر سکون اور خوشگوار دن جیسے پہلے گزر چکے تھے۔ ایک عجیب مصیبت لے کر آیا۔ بلکہ اس دن تو ہم اس خیال میں تھے کہ آج ہمیں عمدہ عمدہ نئی نئی چیزیں دیکھنے کو ملیں گی اس لئے کہ وہ جو بڑا سا شہر دور سے نظر آرہا تھا وہ اب نزدیک آچکا تھا۔ گھنٹوں کی اور اشلوک پڑھنے والے یاتریوں کی آوازیں بھی کبھی کبھی سُنائی دے جاتی تھیں۔

اتفاق سے اس وقت ہم دریا کے بائیں کنارے چل رہے تھے۔ یکایک اس سے پہلے کہ ہم کچھ سمجھیں یا دیکھیں کہ آخر ہوا کیا ہ —— ایک

سُرخ پتھر کا بنا ہوا منہ سا ہمارے سامنے آگیا اور پانی کے ایک تیز دھارے کے ساتھ ہم اس میں جا پڑے !! گہرا، پُرسکون اور چوڑا دریا اور اس کے سرسبز ساحل، شہر کی عمارتوں کے سُنہرے کلس اور رنگین گھر، لہلہاتے کھیت اب کہیں نہیں نظر آتے تھے۔ وہ پُرسکون رفتار جس پر تیرتے ہوئے ہم مزے سے سوچتے چلے جاتے تھے، ہر طرف دیکھ سکتے تھے، اب ناممکن تھی۔ اب ہم کسی انسانی ہاتھ کے بنائے ہوئے گول پتلے نالے میں سے تیزی سے بہہ رہے تھے۔ بالکل ——— بے بس و مجبور ———

موتی بہت ہی فکر مند نظر آرہا تھا۔۔۔۔۔ "یہ ٹھیک نہیں ——— ٹھیک نہیں ——— اگر مجھے پہلے سے معلوم ہوتا تو میں سب کو لے کر بیچ دریا میں تیرتا ———"

اب تو میں بھی اس کے لہجے کی سنجیدگی سے گھبرا گئی۔۔۔۔۔ "کیا بات ہے موتی؟ ——— کیا کوئی خطرہ پیش آنے والا ہے؟" میں نے گھبرا کر پوچھا اور جلدی سے چاروں بچوں کے ہاتھ تھام لئے۔ موتی نے کچھ جواب نہیں دیا۔ وہ اب بہت زیادہ پریشان معلوم ہو رہا تھا۔ نالہ اب زیادہ تیزی سے نشیب کی طرف بہہ رہا تھا اور پانی کی رفتار تیز سے تیز تر ہوتی جا رہی تھی۔

"میں نہیں جانتا کہ کیا پیش آنے والا ہے ——— بہرحال ——— تم بچوں کی حفاظت کرو اور میرے بالکل قریب رہو ——— کوئی بھی مصیبت

آسے، مگر ہم لوگوں کو ایک دوسرے سے بچھڑنا نہ پڑے ـــــــ"

اگلے لمحے نالے سے روشنی بالکل غائب ہوگئی۔ پیچھے سے جو آسمان کا ایک دھبہ نظر آرہا تھا وہ بھی آنکھوں سے اوجھل ہوگیا تھا اور غرغر کرتے پانی کی بند نہر کے اندر جہاں ہاتھ کو ہاتھ سجھائی نہیں دیتا تھا، ہم بہے چلے جارہے تھے........

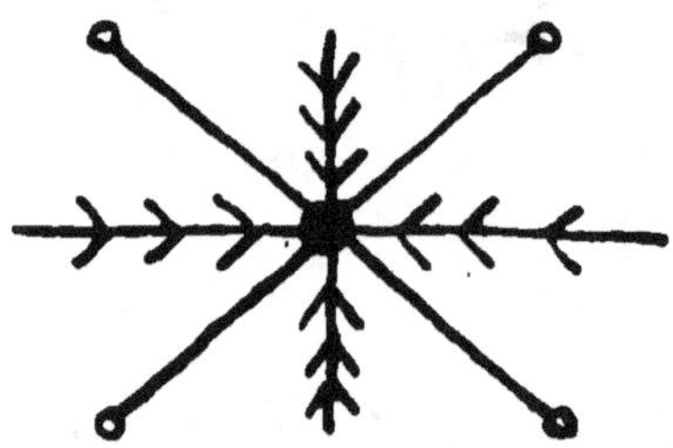

ایک اندھیرے، سیاہ و تاریک نالے کے اندر اس طرح بے بسی سے اُچھلتے ڈوبتے تیرتے رہنا کہ یہ بھی خبر نہ ہو کہ آگے کیا ہونے والا ہے بڑا ہولناک تھا۔

اب ہم اس نالے کے اندر آگے ہی آگے بڑھتے جارہے تھے۔ موتی نے مایوسی کے ساتھ پیچھے کی طرف دیکھا۔ میں نے بھی مُڑکر نظر ڈالی جہاں سے ہم اس نالے میں گھُسے تھے۔ وہ حصّہ پہلے اس ◯ طرح کا تھا ـــــ پھر ○ ایسا معلوم ہوا ـــــ اور پھر وا حسرتا۔ ـــــ کہ ہوتے ہوتے وہ ○ بس اتنا رہ گیا اور پھر ـــــ پھر فکر و پریشانی دور کرنے والا یہ

نقطہ بھی نظروں سے اوجھل ہو گیا۔ اُمید کی کوئی کرن کہیں سے بھی پھوٹتی نظر نہ آتی تھی۔ اس سے پہلے میں کبھی اتنی پریشان نہیں ہوئی تھی۔ پہلے تو صرف اپنی ہی فکر ہوا کرتی تھی مگر اب ——— اب تو چار بچوں ——— اور جان سے پیارے موتی کی سلامتی کی بھی تو فکر رہتی ہے۔ مگر بچوں کے خیال سے میں اپنی فکرمندی چھپانے کی کوشش کر رہی تھی۔ میں نے بناوٹی سکون کے ساتھ موتی سے کہا ——" تمھارے خیال میں آخر کہاں ہوں گے ہم اس وقت ؟"

" وہ جو بڑا شہر ہم کو نظر آرہا تھا نا! غالباً ہم اس کے نیچے بہہ رہے ہیں اور اگر ابھی وہاں نہیں پہنچے تو دم بھر میں پہنچ جائیں گے ——— یہ زمین دوز نالہ ہے جس سے شہر والوں کو پانی فراہم کیا جاتا ہے ——— اگر قسمت نے ساتھ دیا تو شاید ہم کسی کے غسل خانے کے کسی ٹب میں ڈوب جائیں گے بس صرف اتنی ہی مصیبت آئے گی۔ یا یہ کہ کسی باورچی خانے میں جاکر برتن دھونے کے کام میں آئیں گے۔ لیکن ———" اب میں اور زیادہ صبر نہ کر سکی" لیکن ——— اوہ ——— اس سے بڑھ کر بدقسمتی اور مصیبت اور کیا ہوگی کہ ہم ان گندی جگہوں میں اپنے آخری لمحات کاٹیں ———" " ہم پیاری! حوصلہ نہ ہارو ——— یہ تو کچھ بھی نہیں ——— اس سے بڑھ کر اور بھی سخت کوئی مصیبت پیش آسکتی ہے ———"

یہ کہتے کہتے اس نے اپنی آواز بہت دھیمی کر لی "خدا نہ کرے کہ ہمیں اپنے بدترین دشمن کا سامنا کرنا پڑے۔"

میں بڑی مشکل سے اتنا پوچھ سکی ــــــ "موتی آخر وہ کون ہے ہمارا ایسا سخت دشمن ــــــ مجھے چپکے سے اس کا نام بتا دو ــــــ مگر خیال رکھو کہ بچے نہ سنیں ـــ اس کا نام ــــــ"

"دعا کرو ــــــ ممکن ہے کہ یہ حادثہ پیش نہ آئے ــــــ اور آئے بھی تو کیا ہے ــــــ میں جو تمھارے ساتھ ہوں ــــــ"

جس نالے میں ہم چلے جا رہے تھے وہ اب اور بھی پتلا اور تیز رفتار ہو گیا تھا۔ اس کی بہت سی شاخیں اِدھر اُدھر پھیلتی جا رہی تھیں۔ مگر ہمارا کوئی اپنا بس نہ تھا کہ کدھر جائیں۔ بس قسمت جدھر ڈھکیل رہی تھی ہم بڑھے چلے جا رہے ــــــ اسی طرف! رفتار میں اور تیزی پیدا ہو گئی۔ پتھر کا نالہ اب سرخ اینٹوں کی نالی میں بدل گیا اور پھر ذرا دیر بعد ہم ایک لوہے کے نل میں پہنچ گئے جس سے ہو کر شہر میں پانی جاتا تھا ــــــ

تیز ــــــ تیز ــــــ تیز ــــــ کوئی طاقت تیزی سے آگے کی طرف کھینچ رہی تھی۔ بغیر بتائے مجھے یہ اندازہ ہوگیا کہ اب ہم نشیب کی طرف نہیں جا رہے ہیں بلکہ کوئی طاقت ہم کو اوپر کی طرف کھینچ رہی ہے ہم اوپر اٹھ رہے تھے۔ عجیب و غریب آوازیں سنائی دے رہی تھیں۔ گھنٹیوں کا شور، انسانوں کی چیخیں، کواڑوں اور چھتوں کے گرنے کا ہنگامہ، شیشوں کے ٹوٹنے کی جھنکار ــــــ دھڑاکے ــــــ دھماکے ــــــ

"ہمت ــــــ ہم ــــــ ہمت ــــــ" موتی کی آواز میں ایک نیا عزم تھا ــــــ "پیاری ہم گھبرانا نہیں ــــــ حوصلہ نہ ہارنا ــــــ اپنے جانی دشمن سے مقابلے کا وقت ہے۔ فتح یا موت ــــــ حوصلہ کرو ــــــ فتح ہماری ہوگی ــــــ"

"آخر ــــــ آخر ــــــ وہ ہے کون؟" میں نے پوری شدت سے چیخ کر کہا۔

اور آخر کسی نہ کسی طریقے سے موتی نے یہ خوفناک نام اپنے منہ سے نکال ہی دیا "وہ ــــــ وہ ــــــ آگ ــــــ آگ ــــــ"

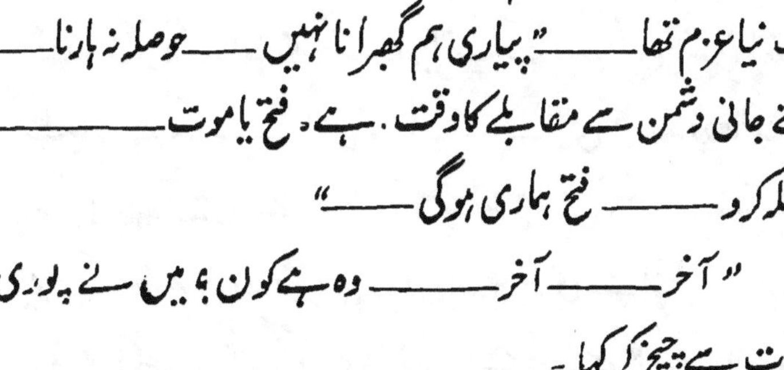

اب ڈرنے کا وقت بھی نہ رہا تھا۔ ایک بڑے مضبوط پائپ کے ذریعے ہم نیچے کی تاریکی اور گہرائی سے بہت تیزی اور شدت کے ساتھ اوپر کی طرف کھنچے جا رہے تھے۔ میرا دل بہت زور زور سے دھڑک رہا تھا ـــــ مایوسی و ناامیدی نے مجھ پر غلبہ پا لیا تھا۔ بچوں کے ہاتھ میرے ہاتھ سے چھوٹ گئے تھے ـــــ انھوں نے اب باپ کا دامن تھام رکھا تھا ـــــ دباؤ جب بہت بڑھ گیا تو مجھ کو ایسا لگا کہ جیسے بس اب دم گھٹ جائے گا ـــــ اور میں ابھی مر جاؤں گی ـــــ مگر مرنا کیسا ـــــ ابھی تو جانے کن کن مصیبتوں کا مجھے سامنا کرنا تھا۔ اب ہم لچک دار پائپ کے ذریعے کسی انسانی ہاتھ میں کچلے جا رہے تھے ـــــ ایسی خوفناک ـــــ ایسی تکلیف وہ حالت ـــــ اوہ !!! پہلے تو میں نے کبھی ایسی اذیت نہ سہی تھی۔ میں نے ایک آخری مایوسی کی نگاہ موتی اور بچوں پر ڈالی اور پھر تیزی سے اُچھل کر جس کے ساتھ ہی ایک خوفناک گھٹی ہوئی چیخ میرے مُنہ سے نکلی ـــــ پائپ کے منہ تک پہنچ گئی ـــــ اوہ ـــــ خدایا ـــــ کیسا نظارہ تھا جو میں نے دیکھا !!

گنجان شہر کی ایک گلی میں ایک بڑا سا دو منزلہ مکان بھڑا بھڑ جل رہا تھا۔ اس کی کھڑکیوں اور چھت سے سُرخ سُرخ لپکتے ہوئے شعلے بلند ہو رہے تھے۔ آگ کی تیز دھار دار، شعلہ فگن زبانیں لپک رہی ہیں ....

کہیں دور سے ایک جانی پہچانی پیاری آواز میرے کانوں میں آئی
"ہم ـــــ ہمت ـــــ حوصلہ ـــــ اپنی ساری قوت اور زور لگادو
ـــــ دشمن کو زیر کرنے کی دل وجان سے کوشش کرو ـــــ
فتح ـــــ" باقی الفاظ شور میں گم ہو گئے ـــــ اور اسی کے ساتھ فائرمین
کے ہاتھ کے پائپ میں سے پورے زور کے ساتھ پانی کا ایک تیز دھارا
نکلا اور میں بھی اپنے اور لاکھوں باہمت بھائی بہنوں کی طرح آگ کی
طرف بڑھی!

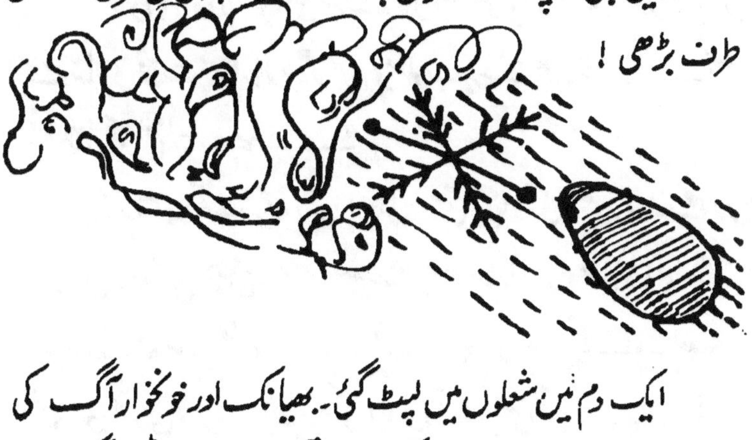

ایک دم میں شعلوں میں لپٹ گئی۔ بھیانک اور خونخوار آگ کی
زبانیں میرے چاروں طرف لپک رہی تھیں۔ چیخنے، چٹخنے، گرنے،
دہاڑنے، گرجنے اور ٹوٹنے کے دھماکوں کے شور سے کان پڑی آواز
سنائی نہیں دیتی تھی۔ فضا میں ہر طرف نیلا نیلا دھواں پھیلا ہوا تھا اور
اس پر جو ہزاروں من پانی چھڑکا جارہا تھا وہ دم بھر ہی میں بھاپ بن کر
ہوا میں اُڑ جاتا تھا۔ زندگی کی جد و جہد میں ہانپتی کانپتی شعلوں میں

جھلسی ہوئی فضا میں معلق تھی۔ ایک پل کے لیے مجھے ایسا لگا کہ میں ہار جاؤں گی۔ بھلا ایسے ہولناک وحشی دشمن سے کون مقابلہ کرسکتا ہے؟ کیسے اس پر غالب آیا جاسکتا ہے؟ اور اگر ایک پل بھی اور اس خیال میں گزر گیا ہوتا تو میں بھی گرمی سے پک کر، اُبل کر، بھاپ میں بدل جاتی ——— مگر میرے دل نے ہار ماننے سے انکار کردیا ———

موتی کی آواز اب بھی میرے کان میں گونج رہی تھی "دل و جان سے ساری قوت، سارا زور دشمن کو مغلوب کرنے میں لگادو ——— ہمیں فتح حاصل کرنی ہی ہے ———"

اور اس وقت مجھے اس انجانی ہستی کی یاد آئی جس نے مجھے روح اور جان بخشی تھی۔ جس نے ہر مصیبت میں سہارا اور حوصلہ دیا تھا ——— میں زور سے پکار اُٹھی ——— "مالک! ہماری مدد کر ——— جب میں ننھی سی بچی تھی تو تو نے مجھے پریم کی انمول نعمت بخشی تھی ——— اگر تو چاہے تو میری جان لے لے ——— ضرور لے لے ——— پر موتی اور بچوں کو بچالے ———"

اور اس دعا کے ساتھ ہی میں نے اپنی ساری قوتِ ارادی اور حوصلے کے ساتھ دشمن پر حملہ کردیا۔ اور میرے ساتھ ہی اور دوسرے لاکھوں قطروں نے بھی دشمن کے قلب پر دھاوا بول دیا اور دم بھر میں

اس کے لپ لپاتے ہوئے شعلے دھیمے پڑنے لگے۔ آگ کا ایک شعلہ سرخ شیطانی زبان لپکاتا ہوا، اپنی شکست کو فتح میں بدلنے کی ایک آخری کوشش کے لئے لپکا ——— مگر ہزاروں من پانی کی موٹی دھار کے نیچے ہمیشہ کے لئے سو گیا۔ اور میں بس ایک جھلک ہی دیکھ پائی کہ اس آخری مہم میں موتی اور نیچے بھی موجود تھے !!

ایک ٹوٹی جھلسی کھڑکی میں سے ایک آدمی ایک ننھے بچے کو سینے سے لگائے نکلا ——— جیسے ہی وہ سیڑھی پر سے کودا ہزاروں آدمیوں کے مجمع نے خوشی اور شاباشی کے شور سے آسمان سر پر اٹھا لیا۔ اور بچے کی بے قرار ماں نے لپک کر اُسے چھاتی سے لگا لیا اور مسرت و شکر کے جوش میں بے اختیار رونے لگی۔ میری آنکھوں میں بھی خوشی کے آنسو اُبل آئے ——— اُف ماں کی ——— ممتا !!

اور یہ آخری سین تھا جو میں نے دیکھا۔ اسی کے ساتھ میرا دماغ چکرایا آنکھوں کے نیچے اندھیرا چھا گیا اور عین فتح کے وقت میں اپنے ہوش و حواس کھو بیٹھی۔

جانے کتنی دیر بعد مجھے ہوش آیا تو دیکھا کہ میں جھلسی ہوئی عمارت کے ایک طرف ایک کالے جلے شہتیر پر لٹکی ہوئی ہوں اور میرے ہر طرف کاٹھ کباڑ، گندگی اور کالکھ پھیلی ہوئی ہے ——— کمزوری کا یہ عالم تھا کہ ہلنا بھی مشکل تھا۔ ملبے کے نیچے اب بھی کہیں کہیں کوئی چنگاری دبی ہوئی موجود تھی! اور گرم گرم بھاپ اس میں سے اُٹھنے لگتی تھی۔ ایک دفعہ تو مجھے ایسا لگا کہ یہیں میرا خاتمہ ہو جائے گا ——— مگر اے مالک ——— یہ کیا ہے ——— یہ اس جلے شہتیر کے نیچے کون اس گندی نالی میں میرے چاروں بچوں کے ساتھ تیر رہا ہے؟ مولا تیرا شکر ہے۔ ہزار ہزار شکر ہے۔ یہ تو موتی ہے ——— میرا موتی۔ میرے پیارے بچے ——— میرا دل مسرت اور جوش سے بھر آیا۔ زندگی اور حوصلے کی ایک لہر سارے جسم میں دوڑ گئی۔ کھوئی ہوئی ہمت پلٹ آئی۔ میں نے پکارا "موتی ——— موتی ——— شبنم ——— ہم تنا ——— کمار ——— پاشا ——— میں یہاں ہوں ——— یہ ہوں ———" اور ساتھ ہی بے سوچے سمجھے میں نیچے کود پڑی۔ یہ تو کہو کہ اچھا ہوا جو میں اس نالی میں جا کر گری ——— اگر ذرا ہٹ کر گرتی تو بھوبھل پر جا پڑتی اور دم بھر میں بھاپ بن کر ختم ہو جاتی۔

کچھ دیر تک کوئی بھی نہ بول سکا۔ ہم سب ایک دوسرے سے لپٹے خوشی کے آنسو بہا رہے تھے ——— مگر یہ کیا ——— موتی اب وہ نہیں

جو پہلے تھا۔ میرا مضبوط، تگڑا، خوب صورت، خوش دل، جوان موتی کچھ بدل گیا ہے۔ جس آزمائش سے اسے گزرنا پڑا ہے اس نے اس کو پہلے سے کہیں زیادہ دُبلا اور بوڑھا سا کر دیا ہے۔

مگر پھر میں سب بھول گئی اور بچّوں کی دیکھ بھال میں لگ گئی۔ کوئی کم تو نہیں ہے کوئی زخمی تو نہیں ہے لیکن سوائے اس کے کہ وہ سب گندے ہو رہے تھے ویسے ان کو کوئی نقصان نہیں پہنچا تھا۔

اب ہم اس چھوٹی سی گندی سی نالی میں آہستہ آہستہ آگے بڑھنے لگے۔ لکڑی کی جلی ہوئی چھپٹیاں، جلے اور جھلسے ہوئے کپڑے، کالے کالے شیشے اور لوہے کے ٹکڑے، مٹّی کے ٹھیکرے، ہر طرف ہمارے راستے میں رُکاوٹ ڈال رہے تھے مگر ہم جیسے تیسے ان سے بچتے بچاتے آگے بڑھتے گئے، یہاں تک کہ آخر ایک کچھ چوڑے نالے میں پہنچ کر ذرا سانس آیا اور تھوڑا سا اطمینان نصیب ہوا۔

مگر کچھ دیر بعد ہم بہت تیزی سے نیچے گرنے لگے اور آخر ایک گندی نالی میں پہنچ گئے۔ جہاں پیشاب اور پاخانے کی بدبو سے دماغ پھٹا جا رہا تھا—— ایسی فضا تھی کہ میرا تو مر جانے کو جی چاہتا تھا۔

آخر ایک موڑ آیا، پھر ایک چکّر—— بھاگ دوڑ—— چھوڑ جھپٹ اور خدا کا شکر ہے کہ—— اب پھر ہمارے سر پہ کھلا ہوا

نیلا آسمان تھا۔ نسیم جانفزا کے مہکتے ہوئے جھونکے دماغ کو تازگی بخش رہے تھے اور نیچے ہمارا چوڑا حسین و پیارا دریا اپنی پرانی شان کے ساتھ آہستہ روی سے بہہ رہا تھا۔ اب ہم پھر اکٹھے تھے؛ محفوظ تھے؛ خوش تھے!

مگر ——— پھر بھی وہ بات نہیں رہی تھی جو پہلے تھی۔ "بچے" البتہ ویسے ہی چونچال، کھلنڈرے اور خوش و خرم تھے۔ مگر میرا دل اُداس اور پریشان تھا۔ طرح طرح کے وسوسے ستاتے تھے اور عجیب عجیب وہم آتے تھے۔ نہ جانے کیوں؟

خوفناک دُشمن سے سخت مقابلے میں اپنی پوری قوت لگا دینے کے کارن، اور انتہائی شجاعت دکھانے کے بعد، موتی اب بہت بدل گیا تھا۔ وہ اس کا ناشپاتی کی صورت کا سڈول و مضبوط جسم نہ پہلے جیسا چکنا تھا نہ مضبوط۔ اس کی خوش مزاجی اور زندہ دلی بھی ختم ہو چکی تھی۔ وہ گھنٹوں کسی سوچ میں کھویا ہوا خاموش تیرتا رہتا تھا۔ اگرچہ میرے لئے اس کی موجودگی ہی بہت کچھ تھی مگر اب میں اس کی پہلے جیسی چونچالی کو ترساکرتی۔ حالانکہ اب بھی وہ مجھ سے بڑی مہربانی سے پیش آتا تھا۔ جب بھی ہماری آنکھیں چار ہوتیں تو اس کی آنکھوں میں پریم کے اتھاہ ساگر کے ساتھ ساتھ کچھ ایسی چیز بھی نظر آتی کہ مجھے اپنا کلیجہ پھٹتا محسوس ہوتا میرا پیارا ساتھی ——— آہ ——— اس نے مجھے ہمیشہ کتنا چاہا

ہے۔ کتنا میرا ساتھ دیا ہے ——— کاش ——— کاش یہ ساتھ ہمیشہ رہ سکے۔
اور میں کسی انجانے خوف سے کانپ جاتی۔

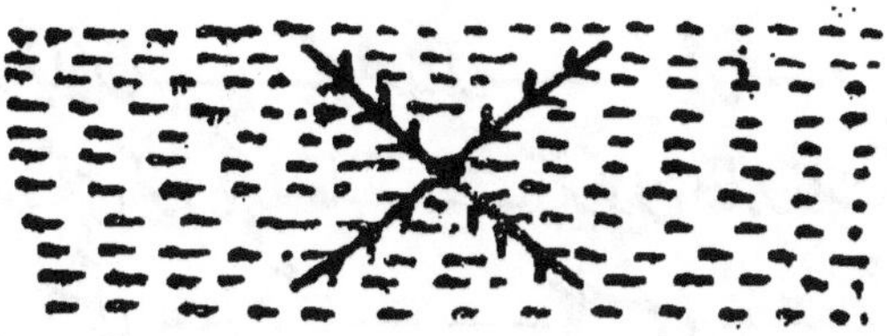

ایک دن صبح سویرے ہم اپنے جوڑے دریا کے ہری بھری چراگاہوں کے وسط میں تیر رہے تھے۔ یہاں بہت سی پن چکیاں چل رہی تھیں میں نے موتی سے پلٹ کر پوچھا ——— موتی یہ کیا ہے؟ ——— مگر آہ ——— یہ کیا ——— موتی کہاں ہے؟

موتی وہاں کہیں نہ تھا

آدھی رات تک وہ میرے ساتھ تھا۔ مجھ سے دو ایک باتیں بھی کی تھیں۔ مگر اب وہ کہاں چلا گیا؟ رنج و غم کا ایسا احساس میرے سارے وجود پر چھا گیا جس میں آنکھ کے آنسو خشک ہوجاتے ہیں لیکن ہر بُنِ مو خون کے آنسو رونے لگتا ہے

اور بغیر کسی کے بتائے مجھے احساس ہوگیا کہ یہ جُدائی ہمیشہ کے لئے ہے۔
اب میں کبھی بھی اپنے پیارے موتی کو نہ دیکھ سکوں گی۔

"یہ کیا ہوا؟ کیسے ہوا؟ کیوں ہوا؟ ابھی ابھی وہ میرے پاس تھا۔ اور پھر ــــــ یکایک وہ نہیں تھا ــــــ کہیں چلا گیا ــــــ کسی انجانی اَن دیکھی دُنیا میں ــــــ مجھے چھوڑ کر ــــــ آہ اگر اُسے واپس ہی جانا تھا تو وہ پھر مجھے دیا ہی کیوں گیا تھا ــــــ آخر کون تھا جو رات کو بے خبری میں اس کو آہستگی سے لے گیا ــــــ کاش ــــــ کاش میں صرف آخری بار اسے دیکھ لیتی ــــــ اسے خدا حافظ تو کہہ سکتی ــــــ"

ایسی ہزاروں باتیں دل میں کھٹک رہی تھیں اور درد و غم کا ایک خاموش طوفان سینے کی گہرائیوں میں برپا تھا ــــــ اب پھر میرے خیالات بچپن کی پُراسرار زندگی کی طرف لوٹ آئے ــــــ اپنا خالق یاد آیا اور دل ہی دل میں میں نے اسے پُکارا ــــــ "کیا وہ تیرے ہی پاس سے آیا تھا؟ اب تیرے ہی پاس واپس چلا گیا ہے ــــــ کیا پھر کبھی میں اسے دیکھ سکوں گی؟" کوئی جواب نہیں ــــــ ہوا بے چینی سے چکّی کے پہیوں کو چکّر دے رہی تھی۔ میرے ضبط کا بندھن ٹوٹ گیا ہچکی بندھ گئی "اے خالق! میں تنہا اس زندگی کے سفر کی مصیبتیں کیسے جھیلوں گی؟"

بچّے آکر میرے اِردگِرد جمع ہو گئے اور پیار کرنے اور تسلّی دینے لگے۔ شبنم اور ہم تنا رونے لگیں مگر پاشا اور کمار اپنے کو ذمے دار محسوس کر رہے تھے ــــــ "امّی ــــــ پیاری امّی ــــــ جی نہ بھاری کرو ــــــ

تم اکیلی نہیں ہو ـــــــ ہم سب تمھارے ساتھ ہیں ـــــــ ہمیشہ تمھارے ساتھ رہیں گے ـــــــ"

میں نے انھیں دیکھا تو روتی ہوئی آنکھوں سے مسکرا پڑی ـ ـ ـ وہ اب بچے نہ تھے۔ وہ اب بڑے خوب صورت نوجوان تھے۔ شبنم اور لتا مجھ سے بہت ملتی تھیں اور پاشا اور کمار باپ سے ۔ اور کمار تو ہو بہو موتی کی شکل تھا۔ جیسا کہ پہلے پہل میں نے موتی کو دیکھا تھا ـــــــ ناشپاتی کی سی وضع، طاقت اور ہمت سے بھرپور۔ وہ دونوں باپ کی طرح خطروں میں پڑنے کے شوقین تھے ـــــــ تلاش ـــــــ جستجو ان کی فطرت تھی۔ بھنور اور چکر میں پھنس جانا اور وہاں سے بچ کر آنے پر خوش ہونا، ہر پتی، لکڑی اور ٹہنی پر جاکر چڑھ جانا اور دور دور جاکر بہنا ان کو بہت پسند تھا۔

میں اپنے دل کو تسلی دینے کی کوشش کرنے لگی کہ بچے اپنے وعدے کے مطابق ہمیشہ میرے ساتھ رہیں گے۔ موتی کے جانے کے بعد اب یہی تو میرا سہارا ہیں ۔ اپنے رنج و غم کو مٹانے کے لیے میں بچوں کی آئندہ زندگی کے بارے میں سوچنے لگی۔

شبنم جو سب سے زیادہ حسین ہے، خدا کرے اس کی قسمت میں کسی گلاب کے پودے کو سینچنا ہو۔ جہاں وہ گلاب کے نازک پھول کی پتی پر موتی بن کر چمکے۔ لتا کو چمکدار مچھلیوں کے پروں پر چمکنا اچھا لگتا ہے

اور دریا کی گہرائیوں میں جاکر تیرنا ـــــ شاید وہ ان ہی میں اپنی زندگی گزارنا پسند کرے گی۔

پاشا کو بہادری کے کام کرنے کا شوق ہے۔ شاید وہ کسی طوفانی جہاز کو بھنور کے چکر اور لہروں کے طوفان سے نجات دلائے گا اور کمار تو فلسفی بنے گا۔ اسے دریا کی گہرائی میں جاکر سوچنے اور غور کرنے کا شوق ہے۔

اسی طرح بچوں کے مستقبل کے بارے میں سوچتی ہوئی میں دریا کے دہانے کے قریب ہوتی جا رہی تھی۔

دریا بہتا رہا ـــــ وقت بہتا رہا ـــــ اب ہم چراگاہوں اور میدانوں سے دور گدلی زرد مٹی میں سے ہو کر بہہ رہے تھے۔ اس مٹی نے صاف شفاف پانی کو بھی گدلا کر دیا تھا اب اس میں آس پاس کی خوبصورت چیزوں کے خوشنما عکس نظر نہ آتے تھے۔ دریا سست رفتاری اور بیزاری سے آگے بڑھ رہا تھا جیسے کوئی تھکا ہارا مسافر لمبے سفر کے بعد میلا کچیلا اور

تھکان سے چور ہوئے پر بھی چارو ناچار منزل کی طرف قدم بڑھائے جا رہا ہو۔ مگر جیسے جیسے سفر ختم ہونے کا وقت قریب آرہا تھا مسافروں میں ایک قسم کا جوش اور ہیجان پیدا ہو رہا تھا۔ اب وہ کہیں پہنچنے والے ہیں ——
دیکھیں اب آگے کیا پیش آئے گا؟ کوئی نہیں جانتا تھا کہ یہ منزل کیسی ہوگی؟ مگر یہ ہر کوئی جانتا تھا کہ یہ کچھ نئی باتیں نئی جگہ اور نئی زندگی ہوگی۔

میں نے دیکھا کہ بچے بھی جوش میں بھرے ہوئے ہیں اور چاہتے ہیں کہ کسی طرح منزل پر پہنچ جائیں۔ مجھے محسوس ہو رہا تھا ان وعدوں کے باوجود جو وہ مجھ سے کر چکے ہیں، اب وہ میرے ساتھ نہیں رہیں گے۔ مگر میں اپنے دل کو یہ بہلاوا دیتی رہی کہ شاید وہ میرا ساتھ نہ چھوڑیں!!

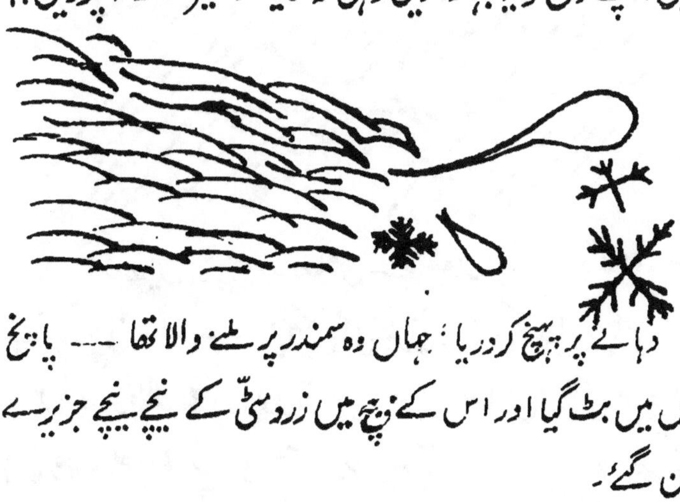

دہانے پر پہنچ کر دریا؛ جہاں وہ سمندر پر ملنے والا تھا —— پانچ حصّوں میں بٹ گیا اور اس کے بیچ میں زرد مٹّی کے ننھے ننھے جزیرے سے بن گئے۔

مرکزی ندی کا رُخ سیدھا مغرب کی سمت تھا۔ جہاں ڈوبتے

سورج کی سُرخ سُرخ گیند سمندر میں ڈبکی لگاتی معلوم ہو رہی تھی —— دم بھر میں ہر بچے نے اپنے لئے الگ شاخیں چن لیں۔ ہم کمار جنوب کی طرف مڑا، شبنم نے جنوب مغرب کی شاخ اختیار کی، پاشا شمال مشرق کی سمت جانے کو تیار رہا اور لتا نے شمالی شاخ میں تیرنا شروع کر دیا۔

اور میں حسرت سے ان کی طرف تکتی رہ گئی۔ وہ جلدی میں ماں کو ایک اچٹتا سا پیار کر کے اپنے اپنے رستے پڑ لئے۔ صرف آخری سرے پر پہنچ کر انھوں نے ایک اُچٹتی ہوئی نظر مجھ پر ڈالی اور نظروں سے اوجھل ہو گئے! اور آج میں پھر ایک بار تنہا، اُداس، بیچ کی ندی کی طرف اکیلی بہی چلی جا رہی تھی!!

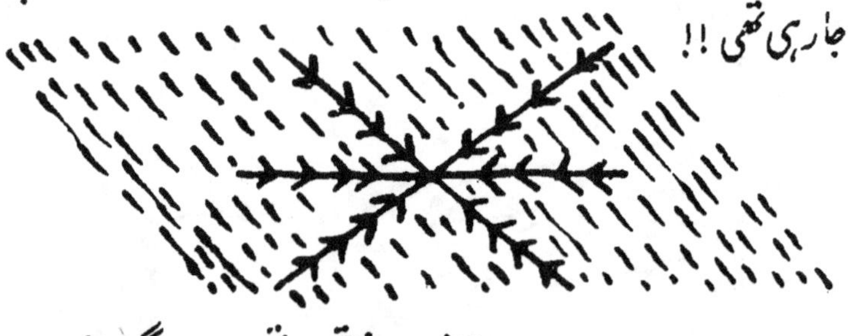

سمندر میں ہر چیز میرے ماضی سے مختلف تھی —— گہرا، پُراسرار بے قرار پانی —— دیو ہیکل آبی مخلوق! جناتی کشتیاں، بڑی بڑی لہریں، اور خوفناک بھنور! یوں تو میں نے ہمیشہ ساری زندگی ہی حرکت میں گزاری تھی، مگر پہاڑی چشمے کے خوش گوار اور تیز بہاؤ کا، جھاگ اُڑاتی ہوئی آبشاروں کی چادروں کا، چوڑے حسین دریا کی پُرسکون

رفتار کا، اور گرم ہوا سے چکر کھاتی ہوئی لہروں کا، اس کی سطح پر ناچنے کا، بھلا یہاں کی زندگی سے کیا مقابلہ ہے! یہ سمندر تو ہر وقت کچھ اس انداز سے چڑھتا اور اُترتا رہتا ہے، جیسے وہ ایک سخت اذیت، شدید کرب میں مبتلا ہو۔ بے قراری اور بے چینی جیسے اس کا مقدر بن چکی تھی اور افسوس کہ میں بھی اب اس کی تقدیر کی ساتھی تھی۔ میرے پہلے کے ساتھی دریا، جھیل، چشمے، جھرنے تروتازہ، پُرلطف اور جوان تھے۔ اور یہ گہرا پُراسرار بوڑھا سمندر تلخ، تُندمزاج اور ظالم تھا۔ کتنا کڑوا تھا اس کا پانی اور خود میری زندگی! ایسا لگتا تھا جیسے غم کے کڑوے آنسوؤں کا مزہ ہر وقت میرے منہ میں موجود رہتا ہے۔

جب کبھی کسی مسافر جہاز کو سہارا دینے جانا پڑتا تو میں حیران رہ جاتی تھی ——— یہ اتنا بڑا ہوتا کہ وہ ساری ننّی منّی کشتیاں، ڈونگے، شکارے اور چھوٹے چھوٹے دخانی جہاز، اس میں سما جاتے جن کو میں نے عمر بھر سہارا دیا تھا اور شاید پھر بھی جگہ بچ رہتی۔ جھیل کی مہربان کشتیاں کیسے آرام سے گزر جایا کرتی تھیں جن سے ذرا بھی دُکھ نہ پہنچتا تھا۔ مگر یہ دیوہیکل مسافر جہاز اور خوفناک قد و قامت کے مال کے جہاز جب گزرتے تھے تو میں کچل کر رہ جاتی تھی اور پھر اُس وقت تو میرا پیارا موتی سہارے اور ڈھارس کے لئے میرے پہلو میں ہوتا تھا ——— پر آج ———

آج ان جناتی جہازوں سے تنہا نبٹنا پڑ رہا ہے —— ایسا محسوس ہوتا ہے
جیسے میں شل ہو چکی ہوں۔

جب میں اس وسیع سمندر کی طوفانی ہواؤں اور خوفناک دھاروں سے
گھبرا جاتی تو سکون کی تلاش میں سمندر کی گہرائی میں اُتر جاتی۔ مگر افسوس
کہ یہاں بھی کوئی گوشہ ایسا نہ تھا جہاں بیٹھ کر ذرا سکون اور اطمینان ملتا۔
اس کی گہرائی میں کبھی کوئی دیو ہیکل مخلوق مجھے گھورتی ہوئی گزرتی جس کی
تھالی جیسی گول گول بڑی بڑی آنکھوں سے خوف آتا تھا کبھی ایسی مچھلیاں
آتیں کہ جن کے دانتوں کی تہری تہری قطاریں ہوتیں۔ ایک بار تو میں اتنی
گہرائی میں پہنچ گئی کہ ایک ایسی مچھلی سے دوچار ہوئی جو یوں چمک رہی تھی
جیسے ہزار کینڈل پاور کا بجلی کا بلب ہو۔ ایک اور کریہہ منظر مگر مچھ اپنے چہرے
پر دو لالٹین سی جلائے چلا آ رہا تھا اور ان لالٹینوں کو اس کے سر پر
اٹھی ہوئی دو ہڈیاں اُٹھائے ہوئے تھیں۔ اس سے بھی زیادہ گہرائی میں
جاتی تو بیسیوں قسم کی مخلوق اندھی ہونے کے سبب ٹٹولتی پھرتی دکھائی دیتی
تھی۔ اوہ! کتنی مختلف تھی یہ سمندر کی عجیب وغریب مخلوق میرے محبوب دریا

اور حسین جھیل کے باسیوں سے۔ کہاں وہ چکنے چپڑے خوش مزاج کچھوے اور چاندی کی طرح چمکتی ہوئی سُندر مچھلیاں۔ وہ خوب صورت بگلے اور کلنگ اور کہاں یہ ہولناک مخلوق !! میں ان سب سے گھبرا کر پھر سمندر کی سطح پر آجاتی جہاں خوفناک طوفان میرے سواگت کے لئے موجود ہوتے تھے۔

کبھی کبھار سمندر پُرسکون بھی ہو جاتا تھا۔ اس کی سطح ایسی خاموش اور پُرسکون ہو جاتی جیسے میری پیاری جھیل کی تھی۔ نیلے پانی پر سورج کی کرنیں ناچتیں اور دھیمی ہوا بس پانی کو زرا سا گدگدا کر چھوڑ دیتی تھی۔

پر اس وقت بھی مجھے چین نہ ملتا تھا۔ دن اور بھی اُداس، سنسان اور لمبا ہو جاتا تھا۔ ان طویل اُداس دنوں کے مقابلے میں تو وہ طوفان ہی غنیمت تھے۔ جب خوف، جدوجہد اور مشکلیں گذرے زمانے کی شیریں یادوں کا وقت ہی نہیں دیتے تھے۔ مگر یہ پُرسکون دن تو مجھے موتی اور بچوں کی یاد میں اور بھی بے قرار کر دیتے تھے۔ اب پہلی بار مجھے احساس ہو رہا تھا کہ اصل تنہائی کس چیز کا نام ہے۔

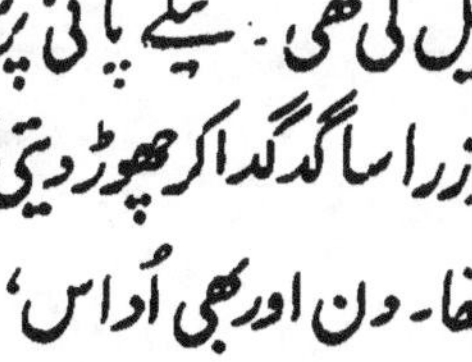

ایک دن —— بظاہر ایسے جیسے سب دن تھے۔ وہی موجیں، وہی دیو ہیکل جہاز، وہی خوفناک مچھلیاں اور بڑے بڑے کچھوے اور عجیب عجیب مخلوق۔

پھر بھی اُن دنوں اور اس دن میں کچھ فرق تھا۔ میں کہیں آگے کی طرف جنوب کی سمت خود بخود ہی کھنچی چلی جا رہی تھی۔ پانی گرم، بہت گرم ہوتا جا رہا تھا۔ سورج کی تپش بے حد بڑھ گئی تھی۔ سمندر ساکن تھا۔ طوفان اب بہت کم آتے تھے۔ اب زیادہ تر اس تپتے سورج ہی کے نیچے مجھے سارے دن کاٹنے پڑتے تھے۔ اور ایک دن مجھے احساس ہوا کہ مجھ میں کچھ تبدیلی ہو رہی ہے۔ اب میں پہلے سے کہیں زیادہ کمزور ہو چکی ہوں۔ اور زندگی میں جو لطف، جو تجسس، نئی چیزوں کو دیکھنے کی جو خواہش اب بھی موجود تھی وہ رفتہ رفتہ ختم ہوتی جا رہی ہے۔ جیسے میں بے حد تھک چکی ہوں۔ ہاں اب میری منزل قریب آ چکی ہے۔

یہ خاتمہ کیسے ہوگا؟ میں کہاں جاؤں گی؟ یہ سب میں نہیں جانتی لیکن اتنا احساس ضرور ہے کہ اس کا سمبندھ کسی نہ کسی طرح سورج سے ہے۔

مجھے وہ دن یاد آ رہا ہے جب میں نے پہلی بار آنکھ کھولی تھی اور طلوعِ آفتاب

کے حسین منظر نے مجھے مسرت اور زندگی کا لطف بخشا تھا۔ اور پھر وہ دن جب بہت دنوں کے بعد میں برف کے نیچے سے دبی ہوئی نکلی تھی۔ اس وقت بھی سورج کے درشن سے میں نے کتنی مسرت اور طاقت پائی تھی۔

مگر اب تو سُرخ تانبے کی سی یہ تھالی ایک بھٹّی کی طرح جلتی رہتی ہے۔ کتنا تُند و تیز ہے یہ سورج۔ اس کی گرمی تو مجھے اپنے خوفناک دشمن "آگ" کی یاد دلا دیتی ہے۔ جس کو میں نے اپنی بہادری سے مغلوب کر لیا تھا۔ مگر آج میں دیکھ رہی ہوں کہ یہ تپتا، چمکتا سیارہ جو کبھی میرا دوست تھا، آگ سے کہیں زیادہ طاقت ور ہے اور بے رحم بھی! شروع میں، میں اپنی جان بچانے کی جد و جہد کرتی رہی۔ اگرچہ میں اپنے پیاروں کو کھو چکی تھی۔ مگر اب بھی دل کے کسی کونے میں زندگی سے محبت موجود تھی۔ اس بیکراں سمندر میں تنہا ہونے کے باوجود کئی چیزوں سے لطف اُٹھا سکتی تھی۔ غروب آفتاب کے وقت ہلکے نیلے آسمان پر شفق کی رنگ برنگی تصویریں طلوع ہوتے ہوئے چاند کا حُسن اور ننھے منے ستاروں کی آنکھ مچولی یہ سب اب بھی میرا دل لبھاتے تھے۔ گاتے ہوئے پرندے اب بھی میرے دل کے کسی کونے میں گدگدی کر دیتے تھے۔

مگر اب تو یہ یقین ہوتا جا رہا ہے کہ میری طاقت اور ارادے کی دونوں قوتیں گھٹ رہی ہیں۔ اب آخری سفر میں زیادہ دیر نہیں۔

اور آخر ایک دن ایسا لگا کہ تپتے سورج کی ساری توجہ آج صرف مجھ اکیلی پر ہے ——— وقت آن پہنچا۔

بہت دھیرے دھیرے کوئی نامعلوم طاقت مجھے سطحِ سمندر سے اُٹھا کر فضا میں بلند کر رہی تھی ——— میری آبی زندگی، جو کبھی مجھے اتنی پیاری تھی آج سلب کی جا رہی تھی۔

زندگی کے آخری سانسوں میں میرا خیال پھر ان دنوں کی طرف جا رہا ہے جب میں نو عمر تھی اور وہ سب سوال میرے دل میں اُٹھ رہے ہیں جن کا جواب مجھے اس وقت تک نہ مل سکا تھا۔

میں کیوں پیدا کی گئی؟ کس لئے دُنیا میں بھیجی گئی؟ میری زندگی کا مقصد کیا ہے؟

پیدا ہوئی، دُنیا میں رہی، خوش بھی، پریشان بھی، افسردہ بھی مطمئن بھی۔ کچھ زمانہ محبت کے سائے میں مسرت سے بھرپور زندگی میں بسر کیا۔ پھر تنہائی، مصیبت اور غم نے گھیر لیا اور انجام کار سمندر کے سینے پر سورج مجھے اوپر اُٹھا رہا ہے تاکہ میری ہستی کو فنا کر دے۔

اور آج یہ واقعات اور زیادہ پُراسرار اور بے نتیجہ معلوم ہو رہے ہیں۔ آخر اس میں کیا انصاف، کیا عقل کیا حسن ہے کہ ایک ہستی کو پیدا کیا جائے۔ مرنے کے لئے؟ وہ زندہ رہے کیوں؟ تاکہ آخر میں ختم

ہو جائے ؟

آخر وہ کون ہے ؟ جس نے یہ سب کیا ؟ کیوں خالق نے مجھے پیدا کیا ؟ کیا صرف اپنا دل خوش کرنے کے لئے اس نے مجھے ایک حسین اور نمایاں صورت بخشی۔ چمکتی ہوئی بلوریں شکل۔ اور آسمان سے زمین پر بھیجا —— یا پھر —— پھر اس کا مقصد کچھ اور بھی تھا جسے میں اپنی کم عقلی کی وجہ سے نہ سمجھ پائی —— کیا وہ مجھے پیدا کر کے بھول گیا ہے ؟ ایک دو بار مجھے زندگی میں ایسا محسوس ہوا تھا کہ وہ مجھ سے محبت کرتا ہے۔ اس سے مجھے گرمی۔ شیرینی، نرمی اور سکون کا کتنا پُرلطف احساس ہوا تھا۔ مجھے محسوس ہوا تھا کہ اس انجانی محبت کے سائے میں کوئی مجھے دکھ یا تکلیف نہیں پہنچا سکے گا۔ تو کیا وہ بہت جلد مجھ سے اُکتا گیا ؟ بھول گیا ؟ اور اِس عجیب دنیا میں بے مقصد تکلیفیں اٹھانے کو اپنی محبوب مخلوق کو چھوڑ دیا گیا ؟

اب سمندر میرے نیچے تھا۔ بھڑکتے ہوئے سورج نے اب۔ مجھے اپنی گرفت میں لے لیا تھا۔ میں اب سوکھ رہی ہوں۔ سکڑ رہی ہوں ذرا دیر بعد

کچھ بھی نہ رہے گا۔ بس بھاپ کا ایک ننھا سا پر آسمان پہ تیرتا نظر آئے گا ——
میرے اوپر، بہت بلندی پر ایک سفید بادل اُڑ رہا ہے۔ کیا یہی ہے
میری منزلِ مقصود؟ اور اب مجھے یاد آیا کہ میں پیدا بھی ایک بادل ہی کے
سینے میں ہوئی تھی۔

ان آخری سانسوں میں مجھے اور بھی بہت سی چیزیں یاد آرہی ہیں۔
ایسا معلوم ہوتا ہے جیسے ساری گزشتہ زندگی گھومتی ہوئی میری بوڑھی
دھندلی آنکھوں کے سامنے تیر رہی ہو۔

میں آسمان سے ایک پہاڑی پر گری ہوں۔ ایک چھوٹی سی سرخ سرخ
گالوں والی لڑکی لال ٹوپی پہنے میرے اوپر سے ہنستی ہوئی گزر جاتی
ہے .... برف کا وہ آدمی .... ماسٹر جی ....
جس کی ناک کے سرے پہ۔ لٹکی ہوئی تھی۔ جو بھی وہاں سے گزرا دل
کھول کر ہنسا .... موسمِ بہار میں پہاڑی سے نیچے اُتر رہی
ہوں۔ اور جنگل میں گلاب کی ایک ننھی کلی کو چوم کر نیند سے بیدار کر رہی ہوں

کلی ہنس پڑتی ہے ـــــ پھول بن جاتی ہے اور اس کے ساتھ میں بھی مسکرادیتی ہوں ـــــ میں ایک ظالم پن چکی کی گرفت میں ہوں چکی کا دیو ہیکل پہیہ حرکت کر رہا ہے ـــ اس سے آٹا پس جاتا ہے اور لو وہ ایک عورت آٹا لئے خوش خوش گھر کی سمت جا رہی ہے تاکہ بھوکے بچوں کا پیٹ بھرے۔

بارش کے ایک قطرے سے میری ملاقات ہوتی ہے ـــ بہادر، نرم دل، شریف اور حسین قطرہ! جسے میں دل و جان سے چاہتی تھی جو مجھ پر پروانہ وار فدا تھا ـــ ہم دونوں ملے اور دُنیا کی ساری مسرتیں جیسے ہمارے خیر مقدم کو آگے بڑھیں ـــــ ہم دونوں اکٹھے جھیل میں داخل ہوئے اور وہاں محبت و مسرت کے دن گزارنے لگے ......

جھیل کے خیال کے ساتھ ہی کشتیاں، شکارے، ڈونگے اور ہاؤس بوٹ میری نظروں میں گھوم گئے جن کو میں سہارا دیا کرتی تھی۔ تیرتے بچوں کی وہ چکنی چکنی بھوری بھوری ٹانگیں جن کے ساتھ میں کھیلتی تھی ـــــ وہ ہنستی کھیلتی کشتیاں جن میں محبت کرنے والے جوڑے بیٹھے ہوتے تھے اور جن سے ایک دلکش موسیقی نکل کر ساری فضا کو سرشار کر دیتی تھی ـــــ

اور ـــــ اور ـــــ شبنم، لتا، کمار اور پاشا کی یاد آرہی ہے۔

میرے دل میں ایک ٹیس اُٹھی ـــــ کتنے مُنے مُنے اور حسین تھے میرے بچے! کتنا خوش اور نازاں تھا موتی یہ سُن کر کہ اب وہ چار بچوں کا باپ بن گیا ہے ـــــ

اور ـــــ وہ ـــــ وہ ـــــ خوفناک لڑائی جو میں نے اور موتی نے اپنے دُشمن "آگ" کے ساتھ لڑی تھی۔ جسے ہم نے مغلوب کر دیا تھا۔ فتح حاصل کی تھی ـــــ اب مجھے بُجھتی ہوئی آگ کی آواز سُنائی دے رہی ہے۔ اور ساتھ ہی وہ آدمی، وہ آگ سے جُھلسا کالک اور سیاہی میں لُتھڑا آدمی، ایک ننھے معصوم بچے کو گود میں لئے اُتر رہا ہے ـــــ ـــــ دیکھو ـــــ وہ اس کی بے قرار ماں دونوں ہاتھ پھیلائے بچے کی طرف دوڑ رہی ہے۔

اور ـــــ اب ـــــ پھر ـــــ موتی کہیں چلا گیا ـــــ تنہائی ـــــ اُداسی ـــــ مگر پھر بھی بچوں کا ساتھ تھا۔ وہ جوان ہو چکے تھے اُنھوں نے اپنا اپنا راستہ خود چُن لیا اور ان کی بھلائی کی خاطر میں نے ان کو منع نہیں کیا، بلکہ دل پر صبر کی سل رکھ کر ان کو چلے جانے دیا ـــــ تاکہ اس بڑے کام کو جس کو پانی انجام دیتا ہے۔ اور جس کا میرے بچے بھی ایک جز ہیں ـــــ آگے بڑھائیں ـــــ اور جس کو، جب، جہاں مدد کی ضرورت ہو مدد دیں ـــــ

اور پھر میں خود اسی وسیع، سنسان، ویران سمندر میں داخل ہوگئی جہاں کوئی مجھے بُلا رہا تھا، کھینچ رہا تھا ـــــ اور اب ـــــ اب اپنی ذات کو اس ہستی کے سپرد کرتی ہوں جس نے مجھے بُلایا ہے۔

اب، اب کہ میں سر کے اوپر تیرتے ہوئے بادل کے بہت قریب پہنچ چکی ہوں ـــــ ایک بجلی کے کوندے کی طرح مجھ پر سچائی روشن ہو چکی ہے ـــــ خالق نے یہ وسیع و حسین دُنیا اور اس کے باسیوں کو ـــــ ہر قسم ـــــ ہر نوع ـــــ اور ہر جنس کے باسیوں کیوں بنایا ہے۔

میں ایک بہت حقیر ـــــ بڑی کم مایہ ـــــ ننھّی سی مخلوق تھی ـــــ کبھی بھی ایک ننھّے سے برف پارے کے سوا کچھ نہ تھی اور نہ میں نے اپنے کو اس سے بڑھ کر سمجھا تھا۔ مگر اب ماضی پر نظر ڈالنے سے پتہ چلا کہ میں بے کار نہیں پیدا کی گئی تھی۔ میری ہستی مفید ثابت ہوئی تھی اس دُنیا میں۔ جب اور جہاں کسی کو مدد کی ضرورت ہوئی، میں وہاں پہنچی اور اپنا کام انجام دیا۔ میں نے ننھّی بچی کو اسکول پہنچانے

اور مسکرانے میں مدد دی ہے۔ ماسٹر جی کا ایک جز بن کر لوگوں کو ہنسایا ہے ــــــ تاکہ ذرا دیر کے لئے وہ اپنا دکھ بھول جائیں ــــــ

تو کیا مجھے زندگی کی یہ نعمت عطا کی گئی تھی ــــــ خدمت کے لئے ــــــ سیوا کے لئے، جنگلی گلاب کو سینچنا، مینڈک کو ٹھنڈک پہنچانا، مچھلی کی رفتار کو تیز کرنا، پن چکی کے پہیئے کو گھمانا، آگ کو بجھاکر ننھے ننھے بچوں کی جان بچانا، کشتیوں کو سہارا دے کر ان کو منزلِ مقصود تک پہنچانا ــــــ ان میں سے کوئی بات بھی تو فضول، ــــــ بے کار اور بے مقصد نہیں تھی ــــــ

پیدا ہونے کے دن سے لے کر آج تک ــــــ اس آخری لمحے تک ــــــ جو کچھ مجھے پیش آیا، جب میں نے تصور میں ان کا نقشہ کھینچا تو اندازہ ہوا کہ زندگی کا یہ نقشہ کتنا سوچا سمجھا، پر احتیاط، نفیس، حسین، پر محبت، دلکش اور دلربا تھا۔ اور ــــــ اور اب میں یہ بھی جان چکی ہوں کہ کبھی ــــــ ایک لمحے کے لئے بھی اُس ہستی مطلق ــــــ خالق کُل نے مجھے بھلایا نہیں تھا ــــــ

یہ دُنیا کیا ہے؟ کیوں بنی ہے؟ یہ پہاڑ ——— گاؤں، وادی، دریا، جھیل اور بحرِ ناپیدا کنار ——— یہ چاند، سورج، ستارے، آسمان ——— سب کتنے بڑے ——— کتنے عظیم الشان ——— اور کتنے حسین ہیں!

ساری کائنات کے مقابلے میں یہ گھومنے والا کرہ ایسا ہی ننھا سا، بے حقیقت سا ہے جیسے میری اپنی ذات سمندر کے گہرے اور وسیع پانی کے مقابلے میں تھی۔

پر یہاں ——— اس خالق کائنات کی دُنیا میں کوئی چیز بھی چھوٹی، گھٹیا اور بے حقیقت نہیں ——— یہاں کم، زیادہ، اعلیٰ ادنیٰ، خوبصورت بدصورت، چھوٹے بڑے سبھی لوگ ہیں۔ مگر خالق کی نظر میں سب برابر ہیں۔ یہ حقیقت آج میں سمجھی کہ کائنات کے اس شاندار نظام میں کوئی بھی شے ایسی بے مایہ اور حقیر نہیں کہ جسے نظرانداز کیا جا سکتا ہو یا، جو مفید نہ بن سکتی ہو۔ جس کی شان میں بڑے بڑے قصیدے نہ لکھے جا سکتے ہوں۔ اس خالق کی چھوٹی سی چھوٹی مخلوق کا کام بھی اتنا ہی قابلِ قدر ہے، مفید اور اہم ہے جتنا کسی بھی بڑی سے بڑی اور بڑی عظیم الشان مخلوق کا کام ہو سکتا ہے۔

آسمان پر چمکتے ہوئے یہ بکھرے ہوئے ستارے، یہ دمکتا سورج اور چمکتا چاند، کوئی بھی ایک ننھی سی سیدھی سادی بلوریں بوند سے زیادہ

نہ اہم ہے اور نہ زیادہ محبوب ۔ یہاں ہر ہستی، ہر مخلوق، ہر زندگی ایک مقصد رکھتی ہے ۔ اہمیت رکھتی ہے اور بنانے والے کے لئے اپنے دل میں محبت کی جگہ رکھتی ہے ۔

اور اس نفیس و دلکش کائنات کی ہم آہنگی کا اندازہ اور احساس کرتے ہوئے ۔ جہاں مجھے اپنا کام انجام دینے کے لئے بھیجا گیا تھا، میرا دل شانتی اور پریم و سکون سے لبریز ہوگیا ۔

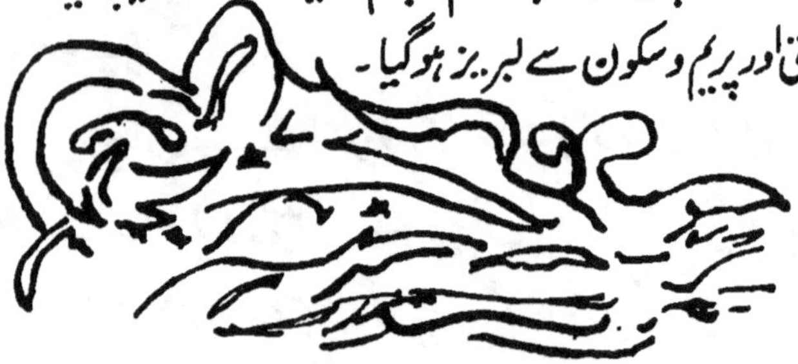

میرے دل کی دھڑکن اب سنائی نہیں دے رہی

زرا سی دیر میں ہم نہ رہے گی بلکہ اُڑتے ہوئے بادل کے اندر بھاپ کا ایک ننھا سا ذرہ بن کر وسیع آسمان پر پرواز کرے گی ۔

زندگی کی اس آخری سانس میں پھر ایک بار میرا دل اس نرم، گرم اور دلکش محبت سے بھرپور ہو رہا ہے جو میں نے پہلی بار برسوں پہلے برف کے نیچے دبے ہوئے محسوس کی تھی ۔

اس شیرینی، شانتی اور لطافت نے مجھے تھپکنا شروع کر دیا میرے سارے وجود پر مسرت کا گھیرا چھا گیا ۔ اس راز کو میں حل نہ کر سکی کہ کس نے

مجھے پیدا کیا ہے؟ کس نے میری حفاظت کی؟ مجھ سے مسلسل محبت کی۔ جیسی وہ اپنی ہر مخلوق سے کرتا ہے چاہے وہ کتنی ننھی ہو۔ اور وہ کون ہے؟ مگر اب ـــــ اب یہ سوال میرے لئے کوئی اہمیت نہیں رکھتے۔ اس لئے کہ مجھے یہ پُرلطف احساس ہوگیا کہ دم بھر میں میں پھر اسی ذاتِ کُل کا ایک جُز بن جاؤں گی۔

اور اس سے پہلے کہ ہم اپنی جان، جانِ آفریں کے سپرد کرے اس نے جو آخری چیز محسوس کی وہ یہ تھی کہ اس کے چاروں طرف، ہوا، آسمان، ہر چیز سے ایک دلکش، شیریں، نرم اور پریم رس میں ڈوبی موسیقی چھائی ہوئی ہے اور اس موسیقی سے صرف ایک ہی صدا بلند ہو رہی ہے۔

"شاباش ہم ـــــ شاباش ـــــ تو نے اپنا کام بہت اچھی طرح انجام دیا ـــــ آ واپس آ ـــــ گھر آ ـــــ"

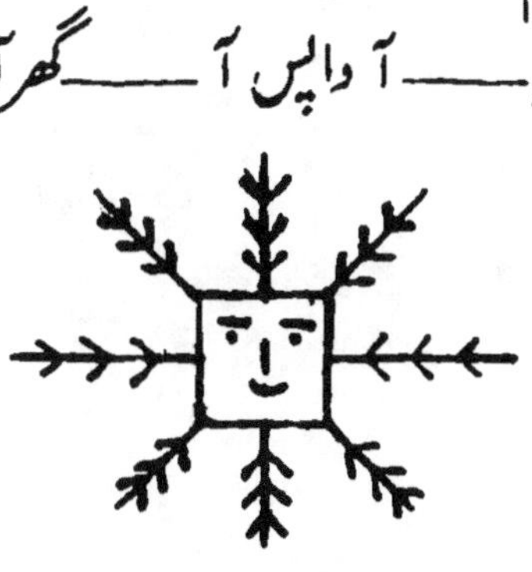

ختم شد

بچوں کے لیے ایک مزیدار و سبق آموز سفر نامہ

سند باد جہازی

مصنف: حفیظ جالندھری

بین الاقوامی ایڈیشن شائع ہو چکا ہے